JEUNESSE

SUR LES PAS DE JULIE

De la même auteure chez Québec Amérique

Jeunesse

Chanson pour Frédéric, coll. Titan, 1996.
· **Prix Livromanie de Communication-Jeunesse 1997-1998.**

Les Fausses Notes, coll. Titan+, 1999.

Les Naufrages d'Isabelle, coll. Titan, 2002.
· **Prix Livromanie de Communication-Jeunesse 2002-2003.**

Envers et contre tous, coll. Titan, 2004.

En plein cœur, coll. Titan, 2005.

Sur les pas
de Julie

TANIA BOULET

QUÉBEC AMÉRIQUE jeunesse

Catalogage avant publication de Bibliothèque et Archives Canada

Boulet, Tania
Sur les pas de Julie
(Titan jeunesse ; 68)
Suite de : En plein cœur.
ISBN-13 : 978-2-7644-0528-4
ISBN-10 : 2-7644-0528-6
I. Titre. II. Collection.
PS8553.O844S87 2006   jC843'.54   C2006-941049-6
PS9553.O844S87 2006

 **Conseil des Arts   Canada Council
du Canada   for the Arts**

Nous reconnaissons l'aide financière du gouvernement du Canada
par l'entremise du Programme d'aide au développement de l'industrie
de l'édition (PADIÉ) pour nos activités d'édition.

Gouvernement du Québec – Programme de crédit d'impôt pour
l'édition de livres – Gestion SODEC.

Les Éditions Québec Amérique bénéficient du programme de subvention
globale du Conseil des Arts du Canada. Elles tiennent également à
remercier la SODEC pour son appui financier.

Québec Amérique
329, rue de la Commune Ouest, 3ᵉ étage
Montréal (Québec) H2Y 2E1
Téléphone : 514 499-3000, télécopieur : 514 499-3010

Dépôt légal : 3ᵉ trimestre 2006
Bibliothèque nationale du Québec
Bibliothèque nationale du Canada

Révision linguistique : Céline Bouchard et Liliane Michaud
Mise en pages : Andréa Joseph [PageXpress]

Imprimé au Canada

En souvenir de Moulin-Rouge et de Trois-Rivières, j'aimerais dédier ce roman à Sylvia, Jane-Anne, Marie-Hélène, Marion, Laura, Maggie, Joanie et Mireille… en espérant que j'aurai encore plein d'élèves comme vous.

Chapitre 1

Le temps est élastique. Quiconque prétend le contraire n'a jamais vécu un amour à distance.

Il y a deux semaines, quand nous sommes revenus du chalet de la tante de Clara, les quelques jours que j'ai passés avec Daniel avant qu'il retourne à Québec ont duré le temps d'un battement de cils. C'est tellement facile d'être heureux en plein cœur de juillet, dans le soleil et la chaleur, quand on est amoureux… Ça l'est moins quand on se retrouve avec le téléphone comme seul lien pour entretenir la flamme.

Aujourd'hui, je tourne en rond à attendre mon amour. J'aurais presque envie de courir sur la route à sa rencontre pour le voir quelques minutes plus tôt.

On dirait que je suis destinée à vivre mes amours à distance. Avec Philippe, c'était pareil, et différent en même temps. Je m'ennuyais de lui, j'avais hâte de le voir, mais malgré tout, j'étais heureuse ; j'avais toujours envie de rire, de danser, j'étais pleine d'énergie… Depuis que Daniel est parti, je me sens vide, je traîne ma carcasse entre ici et chez Clara, et on dirait que tout me tape sur les nerfs. Ça ne me ressemble pas. Philippe m'énergisait ; Daniel me rendait euphorique quand il était là, mais quand il est parti, il a emporté mon énergie avec lui.

Est-ce que ça veut dire que je l'aime plus ? Ou moins ? Ou que c'est seulement différent ?

Je fais les cent pas dans le salon en me rappelant mes derniers jours avec Philippe et mes premiers avec Daniel. Même si ça fait mal, même si je ne suis pas fière de moi, j'y pense souvent. Le pire, dans cette histoire, c'est que Philippe croit que je ne l'ai jamais aimé, que j'ai fait semblant, que j'ai joué avec son cœur et avec sa vie sans me soucier de ses sentiments. J'ai essayé de le persuader du contraire, mais il n'a jamais voulu m'écouter.

Philippe était mon premier amour ; ce n'est quand même pas rien ! Mais avec Daniel, on dirait que je me sens plus… femme. C'est Clara qui rirait, si je lui disais ça ! Malheureusement, je ne lui parle pas beaucoup de Daniel. Elle l'accepte pour ne pas me faire de peine, elle fait de gros efforts pour ne pas le juger, mais je vois bien qu'elle n'est pas folle de lui. C'est vrai que je suis folle pour deux…

Elle ne me pose jamais de questions, ne semble pas s'intéresser à ce que je vis. Je me demande si elle sait à quel point son indifférence me blesse. Ce n'est pas parce que j'ai un amoureux que je n'ai plus besoin de mon amie. Au contraire ! L'amie pourrait me faire beaucoup de bien, quand l'amoureux n'est pas dans les parages ! Connaissant Clara, elle ne le fait sûrement pas exprès. Je n'aurais qu'à lui en glisser deux mots pour que tout s'arrange, mais je ne veux pas avoir l'air de quêter son amitié.

Tout était tellement plus simple avec Philippe ! Tout le monde l'aimait, tout le monde recherchait sa compagnie. On s'amusait bien, avec Clara et Pascal. Maintenant, plus question de sorties à quatre. Pascal déteste son frère. C'est à peine s'il réussit à rester poli avec lui. Clara prétend que c'est juste une jalousie de petit frère envers son aîné trop beau, trop charmeur et trop gâté, mais je ne crois pas à cette version-là. Je suis certaine qu'il y a autre chose là-dessous et j'ai bien l'intention de découvrir quoi.

En attendant, je regarde l'horloge toutes les cinq minutes avec l'impression que les aiguilles n'avancent pas.

J'ai essayé de lire, mais j'ai refermé mon roman quand je me suis rendu compte que je tournais les pages sans qu'un seul mot ne se rende jusqu'à mon cerveau. J'ai essayé de regarder la télé, mais tout me tapait sur les nerfs. J'ai décidé d'aller marcher, mais comme je ne voudrais pas manquer Daniel, je suis restée dans ma rue, ce qui a rendu la chose plutôt ennuyante…

En désespoir de cause, je décroche le téléphone. Clara n'aime pas Daniel, elle ne parle jamais de lui, mais elle est quand même mon amie. Et le rôle d'une amie, c'est de nous aider en cas de besoin, non ? Oui. Et j'ai besoin d'elle. Il est à peine quatorze heures et je ne sais pas comment je pourrais survivre trente minutes de plus sans que quelqu'un m'aide à me changer les idées.

Elle répond au bout de trois sonneries, d'une voix légèrement essoufflée.

— Salut, Clara! Qu'est-ce que tu faisais?

— Je me préparais à sortir. Pascal m'attend.

— Ah bon…

Le message est clair: Clara s'attend à ce que je la laisse tranquille pour qu'elle puisse aller ronronner au plus vite près de son amoureux. Depuis notre retour du chalet, Pascal est tellement doux avec elle que j'en suis presque jalouse. Clara m'a parlé de la lettre qu'il lui a écrite, sans entrer dans les détails. Il y a des choses qui ne se partagent pas, même avec sa meilleure amie. Par pudeur, elle ne me l'a pas montrée; par respect, je n'ai rien demandé. Je sais seulement que cette fameuse lettre a arrangé bien des choses et que, depuis, tout va pour le mieux entre ces deux-là.

— Il y a quelque chose qui ne va pas, Julie?

En effet, mon silence doit sembler suspect. Je réponds:

— Non… Oui… Je ne sais pas.

— Daniel arrive aujourd'hui?

Comme si elle ne le savait pas! Nous avons beau réduire nos discussions au minimum sur ce sujet, je la tiens quand même au courant des grands événements de ma vie amoureuse.

— Oui, mais pas avant la fin de l'après-midi. Enfin, c'est ce qu'il m'a dit. Je ne sais pas à quelle heure il est parti, ce matin… Et je suis en train de perdre la tête. Je me suis dit que si je pouvais te parler, ça ferait passer le temps plus vite. Mais si tu es occupée…

— Je peux passer chez toi quelques minutes. Pascal n'en mourra pas, je pense.

Mon ton enjoué me revient aussitôt sans que j'aie à me forcer le moins du monde.

— Ce serait en plein le genre à mourir d'amour, tu sais. Un artiste aux cheveux longs, complètement en pâmoison devant sa muse…

Elle éclate de rire.

— Je ne sais pas s'il pourrait mourir d'amour, mais je ne le ferai quand même pas attendre à ce point-là. Ne bouge pas, j'arrive.

Comme si j'allais m'enfuir !

Évidemment, le temps se suspend à nouveau alors que j'attends Clara. Quinze minutes, c'est parfois interminable. Heureusement qu'elle n'habite pas à l'autre bout du village.

Dès qu'elle sonne à la porte, je me sens beaucoup mieux.

— Tu es folle de rester à l'intérieur par un si beau temps.

— C'est exactement ce que je te disais : je suis en train de perdre la tête. Ce n'était pas juste une façon de parler. Tu veux qu'on aille s'asseoir dehors ?

Clara a raison : c'est l'une des plus belles journées de l'été, et j'étais en train de la gaspiller ! Je m'assois sur l'une des chaises de patio en soupirant de bonheur.

— Merci d'être venue, Clara.

— Franchement ! Tu dis ça comme si je venais de m'offrir en sacrifice !

— Je sais que tu n'aimes pas beaucoup Daniel, alors…

— Alors, ça ne veut pas dire que je ne t'aime pas, toi.

Au bout de quelques secondes, elle ajoute :

— Tu peux me parler de lui, tu sais. Je me demande comment tu fais pour garder tout ça pour toi. Moi, je n'arrête pas de parler de Pascal, alors que ça fait quand même longtemps qu'on sort ensemble.

J'éclate de rire.

— Ben oui, six gros mois ! Vous êtes vraiment un vieux couple !

Clara sourit. Je reprends mon sérieux.

— Je ne t'en parle pas parce que je sais que tu n'es pas d'accord avec mon choix, que tu ne comprends pas que j'aie laissé Philippe pour Daniel…

— Je comprendrais peut-être mieux si tu m'expliquais. Si tu me racontais comment il est avec toi, comment tu te sens avec lui… Je ne le connais pas, moi, Daniel. Tout ce que je sais de lui, c'est ce que Pascal m'en a dit. Et ce n'est peut-être pas une bonne référence.

— Je pensais que tu ne me posais jamais de questions parce que tu ne voulais pas en entendre parler.

— Je ne posais pas de questions parce que tu avais l'air mal à l'aise chaque fois qu'on prononçait son nom. C'est tout. Franchement, Julie, penses-tu que je n'ai pas envie d'entendre les détails de ton histoire d'amour ? Une romantique comme moi ?

Je me sens tellement soulagée, tellement libérée et, surtout, tellement heureuse que je pourrais en pleurer. Je demande plutôt à mon amie :

— Alors, tu ne m'en veux pas d'avoir laissé Philippe ?

— Je n'ai pas à t'en vouloir ou à t'approuver. C'est ta vie, personne n'a le droit de te juger. Pascal t'en veut parce que Philippe est son ami, mais mon amie à moi, c'est toi, et je suis de ton côté. J'espère que tu n'as jamais pensé le contraire.

Du coup, je me lève et la serre dans mes bras.

— Clara, tu n'as pas idée à quel point tu me fais plaisir.

— Arrête, je vais me mettre à pleurer…

— Oh non, il fait trop beau pour pleurer, et je suis trop contente ! Tu te rends compte, Daniel va arriver bientôt !

Avec un sourire moqueur, elle s'installe confortablement sur sa chaise.

— Alors, tu m'en parles, de ton beau Daniel ?

Je me sens plutôt timide, tout à coup. Quand je parlais de Philippe à Clara, les mots sortaient tout seuls. Les confidences sont plus difficiles, maintenant. Je m'installe moi aussi au creux de ma chaise, le dos bien appuyé, la tête renversée, et je ferme les yeux.

— Daniel… Je ne sais pas si je suis amoureuse de lui pour vrai. C'est différent d'avec
Philippe, en tout cas. Philippe, je croyais que
je pourrais passer ma vie avec lui. Daniel, j'ai
l'impression qu'il va me filer entre les doigts
à un moment ou un autre. Quand, je ne sais
pas, mais je suis sûre que ça va arriver.

J'ouvre les yeux, attendant une question
du genre « Alors, pourquoi tu as laissé
Philippe ? » Elle ne la pose pas. J'y réponds
quand même.

— Je n'ai pas envie de me sentir casée
tout de suite. Il y en a qui trouvent que c'est
bien beau et bien romantique, un amour
d'adolescence qui dure toute la vie, une fille
qui reste avec son premier amour jusqu'à la
fin de ses jours, mais moi, ça me fait plutôt
peur. J'ai envie de vivre autre chose. Comment peut-on savoir si on fait le bon choix
quand on ne peut pas comparer ?

Clara ne dit rien. Elle semble réfléchir
très fort à mes paroles. Après de longues
secondes, elle sort de son silence.

— C'est bizarre de t'entendre parler
comme ça. Et je ne comprends pas encore
pourquoi tu as laissé Philippe, puisque tu
l'aimais. Mais si c'est ce que tu voulais…

Elle soupire, puis continue :

— Je ne pourrais jamais être rationnelle, moi, en amour.

— Je ne me trouve pas rationnelle, moi. Sinon, je serais probablement restée avec Philippe. Ç'aurait été plus logique, vu que je me disais que j'aurais pu l'aimer longtemps...

— Arrête, tu vas me perdre. Moi qui commençais à peine à te comprendre...

Elle hésite, puis demande :

— Tu ne trouves pas ça cruel, d'avoir laissé Philippe parce que tu voulais le comparer ?

— Ce n'est pas vraiment que j'aie voulu le comparer. Je n'ai pas pu résister à Daniel, alors... Je pense que je m'en voudrai toute ma vie de l'avoir laissé. Il ne méritait pas ça, mais j'avais l'impression qu'il fallait que je le fasse. Pour moi.

Clara soupire.

— Oui, je comprends. Mais je ne pense pas que Pascal va l'accepter un jour.

— Ne me parle pas de Pascal aujourd'hui, veux-tu ? Je me sens trop heureuse.

Comme elle ne peut pas parler de son sujet préféré, Clara se tait. Son silence n'a rien d'un reproche. Je crois qu'elle se sent plutôt comme moi : amortie par le soleil qui tape trop fort. Je glisse vers le sommeil… jusqu'à ce que la voix de mon amie me ramène sur terre.

— Je me trompe, ou Daniel a une auto rouge ? Parce qu'il y en a une qui vient de tourner dans votre entrée…

Je me retrouve sur mes pieds avant même d'être complètement réveillée et me précipite vers le stationnement, poursuivie par le rire de Clara.

Daniel est bien là, en chair et en os, avec son sourire rayonnant, les bras tendus et les yeux brillants. Un million de mots me viennent en tête, mais ils attendront : ma bouche est bien trop occupée à savourer le baiser de mon amoureux. Un long, long baiser qui me fait vibrer et efface l'interminable journée qui vient de passer.

Et aussitôt, le temps commence à filer beaucoup trop vite.

Chapitre 2

Daniel et moi, on ne parle pas beaucoup. On se touche, on s'embrasse, mais on n'échange pas des millions de mots et d'idées, comme Pascal et Clara aiment le faire. On laisse nos lèvres et nos mains parler pour nous. Clara m'a déjà dit qu'elle aimait Pascal avec son cœur, son corps et sa tête. J'avais répliqué que j'aimais Philippe avec mon cœur et ma tête. Daniel, c'est surtout le corps, je crois. Non, j'en suis certaine. Ça ressemble à la relation qu'avait Clara avec Simon : beaucoup de contacts physiques, mais pas beaucoup d'échanges d'idées. Sachant comment l'histoire Clara-Simon s'est terminée, je préfère ne pas trop y penser…

J'avais presque oublié à quel point Daniel sait réveiller mon corps. Toute seule avec lui, dans le salon, je sens que je pourrais perdre le contrôle n'importe quand. Le plus effrayant, c'est que j'ai absolument et totalement envie de le perdre, ce fameux contrôle. Au bord de la panique, je repousse doucement Daniel. Mon sourire doit sûrement trembler, mais ma voix est à peu près normale quand je demande :

— Laisse-moi le temps de reprendre mon souffle… Tu ne trouves pas qu'on va trop vite ?

— Vite ? Je trouve plutôt que les deux dernières semaines ont été interminables… Je rêve de nos retrouvailles depuis la seconde où on s'est laissés.

— Moi aussi, mais…

Il se rapproche, penche la tête vers moi.

— Je ne t'ai pas manqué, Julie ?

Daniel aurait dû être acteur. Il sait vraiment se servir de sa voix. Même si j'étais aveugle, même si ma peau devenait complètement insensible, il me ferait vibrer juste à prononcer mon nom. Mais je ne suis ni aveugle ni insensible. S'il pose encore les mains sur moi, je ne réponds plus de rien. Et s'il n'arrête pas de me regarder comme ça…

— Évidemment, tu m'as manqué. Mais on n'a même pas pris la peine de se dire bonjour.

Il m'embrasse sur la tempe gauche, puis sur l'arête de ma mâchoire, et plonge ses yeux dans les miens.

— Bonjour, Julie.

Oh, cette voix, ce sourire, ces yeux… Je me racle la gorge.

— Arrête de me regarder comme ça.

— Comme quoi ?

Comme un grand méchant loup prêt à dévorer un petit chaperon rouge, dirait Clara.

— Comme si… comme si…

Je bredouille, je bafouille, je me sens ridicule. Je ne peux quand même pas lui répondre qu'il me regarde comme s'il voulait me renverser sur le divan et m'enlever tous mes vêtements… En plus, je n'ai aucune expérience dans ce genre d'histoire. Je me fais peut-être des idées…

Daniel sourit toujours. Il a l'air de se moquer de moi. Je voudrais disparaître.

— Tu rougis ! Si tu veux dire que je te regarde comme si j'avais envie de toi, tu as parfaitement raison. J'ai envie de toi depuis la seconde où je t'ai vue, chez ma mère. Tu es

mon obsession, Julie. Et la seule façon d'arrêter de te regarder comme ça, ce serait de fer-
mer les yeux, parce que je ne peux pas te
regarder autrement.

Il s'approche à nouveau. Qu'est-ce qu'une
fille est supposée faire dans ces moments-là ?

Je me lève d'un bond.

— Viens, on va aller marcher.

Si j'avais les jambes moins molles, si
j'avais le cœur plus calme, je rirais de son air
ahuri.

— Marcher ?

— Oui, tu sais, avancer en mettant un
pied devant l'autre…

— Je sais ce que marcher veut dire, Julie,
mais pourquoi ?

— Parce qu'il fait beau, parce qu'on va
pouvoir se parler…

Parce que le grand méchant loup a l'air
beaucoup trop gentil, et que le petit chaperon
rouge a beaucoup trop envie de se faire
dévorer…

Daniel me fixe un bon moment sans rien
dire, puis soupire et se lève.

— Bon, si tu veux marcher, allons
marcher.

Dans un petit village, tout le monde se connaît. Les étrangers sont vite repérés. Comme Daniel n'a jamais vécu ici, qu'il n'est pas venu souvent en visite et, surtout, qu'il n'a pas fait le tour du village à pied les fois où il est venu, les regards curieux ne manquent pas. J'avoue que ça me fait un petit velours d'être vue en sa compagnie. Les filles le dévorent des yeux, se donnent des coups de coude, quêtent un sourire. Daniel ne semble même pas les voir. Il regarde droit devant lui sans prononcer un mot. Je glisse ma main dans la sienne. Aucune réaction. Je trouve le courage de demander :

— Tu es fâché ?

Il se tourne vers moi.

— Non ! Pourquoi je serais fâché ?

— Tu ne dis rien, tu ne souris plus, tu as l'air perdu dans tes pensées…

— Je te ferai remarquer que tu n'as rien dit, toi non plus, depuis que nous sommes partis. Parle-moi, je te répondrai. Et si je ne souris pas et que j'ai « l'air perdu dans mes pensées », comme tu dis, c'est probablement parce que je me suis levé à quatre heures ce matin et que j'ai roulé toute la journée. La

Côte-Nord, ce n'est pas la porte à côté ! Toi, quelle est ton excuse ?

J'essaie de sourire d'un air espiègle. Je ne gagerais pas que ça marche.

— Tu me coupes le souffle et tu me fais perdre mes mots. C'est pour ça que je ne parle pas.

Le sourire de Daniel revient, encore plus beau que tout à l'heure. L'orage semble écarté.

Je trouve que je m'en suis bien tirée. Pourtant, je reste avec le sentiment bizarre et très désagréable qu'avec Daniel, je comprends toujours tout de travers et dis rarement ce qu'il faut.

Chapitre 3

On m'a volé quarante-huit heures de ma vie.
J'ai carrément l'impression qu'on m'a jeté une
malédiction, que les deux derniers jours ont
été effacés et que je suis passée directement
du moment où Daniel est arrivé à l'heure de
son départ.

Il est parti il y a à peine une demi-heure
et je me sens plonger en pleine dépression.
Moi qui ai toujours été une fille énergique,
optimiste et sûre d'elle, je me sens parfaitement ridicule dans mon rôle d'amoureuse
éplorée. Ridicule et malheureuse.

Je téléphone à Clara, lui annonce que je
serai chez elle dans dix minutes et raccroche
sans lui laisser le temps de protester. Je ne

pourrais pas supporter qu'elle me dise qu'elle partait justement pour aller rejoindre Pascal. J'ai trop besoin d'elle… Plus que Pascal, en tout cas.

Elle m'attend dehors, assise sur les marches de l'escalier.

— Ça avait l'air urgent, Juliette.

Je réussis à sourire.

— Juliette?

— Ben oui, Juliette. Tu as en plein la tête d'une fille qui serait prête à se tuer plutôt que de vivre sans son Roméo.

Je m'assois près d'elle.

— Voyons, Clara, tu exagères. J'aime trop la vie pour me tuer. Surtout si la vie m'offre d'autres fins de semaine comme celle-ci…

— Mais en ce moment précis, ce n'est pas le grand bonheur, non?

Je soupire.

— Non. Évidemment, non. Je ne verrai pas Daniel avant deux semaines, ça ressemble plutôt à un gros malheur.

— Il y a pire.

Je lève les yeux au ciel.

— Merci beaucoup, Clara. Décidément, comme soutien moral, tu es difficile à battre.

— Ben quoi ! Tu voudrais que je me lamente sur ton sort et que je braille avec toi ?

— C'est à peu près ça, oui.

— Et tu crois que ça aiderait ?

Je hausse les épaules.

— Je ne veux pas que tu m'aides. Je veux que tu me plaignes.

Elle se tourne brusquement vers moi, appuie son visage contre mon épaule, passe les bras autour de moi et s'écrie :

— Oh, Juliette, c'est terrible ! Ton Roméo est parti ! Comment vas-tu survivre ? Comment vas-tu pouvoir passer à travers deux interminables, effroyables, infernales semaines ? Comment ton cœur va-t-il pouvoir continuer à battre ?

Je ris de bon cœur. Clara est le remède parfait pour une fille déprimée.

— Arrête tes folies !

Elle se redresse en prenant un air outré.

— Quoi, mes folies ? Tu ne sens pas ma peine, ma profonde détresse ?

— Pas du tout. Tu es très bonne actrice dans les comédies musicales, mais là, tu en mets trop. Ce que je sens surtout, c'est que tu essaies de me changer les idées, et ça marche plutôt bien.

Elle sourit.

— Tant que ça t'aide, je suis prête à faire n'importe quoi. Et surtout à parler de ta fin de semaine. Si ça te tente, évidemment.

Ma romantique amie a les yeux brillants. Tant mieux. J'ai justement envie de parler de Daniel.

— C'était merveilleux… et bizarre aussi. Comme passer du rêve à la réalité. Quand nous sommes revenus du chalet, j'étais dans ma bulle. Je savourais chaque seconde, je ne croyais pas à mon bonheur… En fin de semaine aussi, j'ai savouré chaque seconde, mais ce n'était pas pareil. Comme si on revenait à la vie normale. On dirait que je commence à m'habituer à Daniel, et je ne suis pas encore certaine de savoir si j'aime ça ou non.

— Si tu t'habitues à lui, comme tu dis, c'est parce que vous êtes bien ensemble, non ? Ça devrait être une bonne chose !

— Oui… Mais ce qui m'attirait chez Daniel, c'était son côté mystérieux, ce que les autres ne connaissent pas et que je voulais découvrir…

Clara éclate de rire. Je me demande bien pourquoi.

— Je n'ai rien dit de drôle !

— Non, mais tu es en train de décrire exactement ce que je ressentais pour Pascal avant qu'on commence à sortir ensemble. Il semble que les deux frères ont quelque chose en commun, finalement…

— Peut-être, mais Pascal et toi, c'est différent.

— Pourquoi ?

Je lui jette un coup d'œil. Depuis notre retour du Festival des Jeunes, depuis la lettre de Pascal et leur discussion sur la plage, Clara rayonne d'un éclat qu'elle n'avait pas avant. Elle a le mot bonheur imprimé sur le visage. Même son rire est différent. Et Pascal a changé, lui aussi. Je les envie un peu. Non, beaucoup.

Je soupire :

— Vous vous aimez tellement ! Quand on vous regarde, ça saute aux yeux. On voit tout de suite que vous êtes faits pour aller ensemble.

Le silence de Clara me frappe en plein cœur. Je croyais qu'elle s'écrierait « Mais voyons, Julie, Daniel et toi aussi, vous êtes faits pour aller ensemble ! » Mais elle ne dit rien… ce qui veut tout dire.

Parce que ce silence pèse trop lourd, je finis par ajouter :

— Il y a autre chose, aussi.

— Quoi ?

Clara semble ailleurs. Je gagerais ma prochaine fin de semaine avec Daniel qu'elle pense à Pascal.

— Je crois que Daniel est parti assez… frustré.

— Frustré ?

Clara fronce les sourcils, puis ouvre grand la bouche.

— Frustré sexuellement, tu veux dire ?

— Arrête de crier ! Oui, frustré… sexuellement. Vendredi, quand il est arrivé, j'ai failli perdre la tête. Le reste de la fin de semaine, on ne s'est jamais trouvés seuls chez moi ou chez lui. Nos mères étaient toujours là. Je crois qu'elles faisaient exprès, surtout la mienne.

— Et ? Ça t'a dérangée ?

— Oui et non. D'un côté, ça m'insultait. J'avais l'impression qu'elle me surveillait, qu'elle ne me faisait pas confiance. D'un autre côté, je ne me faisais pas confiance à moi-même, alors, d'une certaine façon, j'étais soulagée qu'elle soit là. Mais ne va jamais lui dire ça !

Clara a un petit sourire en coin.

— Comme ça, Daniel est arrivé avec sa petite idée derrière la tête… Il te connaît mal !

Mon amie sait que je n'ai pas l'intention de perdre ma virginité tout de suite, même si tout le monde semble vouloir se débarrasser de la sienne au plus vite. Moi, j'attends le moment idéal. Ce n'est pas le genre de choses que je voudrais regretter plus tard, en me disant que j'aurais dû attendre, que je n'aurais pas dû céder aussi rapidement… Mais est-ce que ça existe, le moment idéal ?

Je soupire.

— C'est peut-être le contraire. Peut-être qu'il me connaît mieux que je me connais moi-même. Parce que vendredi, je te jure qu'il a failli avoir ce qu'il voulait.

Je raconte notre épisode « petit chaperon rouge » à Clara, en passant rapidement sur les baisers et les caresses, et en insistant sur la partie « marche ». Mon amie se tord de rire.

— Tu as vraiment le tour pour refroidir un gars !

— Je te ferai remarquer que j'avais très bien réussi à l'allumer juste avant !

Plus sérieusement, j'ajoute :

— On trouve ça drôle, maintenant, mais ça a gâché nos journées ensemble. Daniel ne m'a plus touchée comme ça de la fin de semaine.

— Tu l'as dit toi-même, vos mères traînaient toujours dans le coin !

— Oui, c'est vrai… Mais ce n'est pas juste ça. Il était… différent. Comme s'il m'en voulait.

Clara lève les yeux au ciel.

— Les gars ! Ils sont bien tous pareils !

— Pascal aussi ?

Elle a les yeux qui pétillent.

— Je parlais en général. Pascal, il est spécial. Tu n'avais pas remarqué ?

Je réponds par une autre question :

— Vous deux, vous en êtes rendus où ?

Elle hésite.

— Si tu veux savoir si on a fait l'amour, la réponse est non. Mais je crois que ça devrait arriver bientôt. Je me sens prête, maintenant. Et Pascal, lui, ça fait longtemps qu'il est prêt !

À mon tour d'afficher un sourire en coin.

— Tu vois, il n'est pas si différent des autres gars !

— C'est ce que tu penses… Bon, on n'est pas ici pour parler de moi ! Si tu as fait le tour du sujet Daniel, j'ai quelque chose à te proposer pour te changer les idées.

Je ne suis pas certaine d'en avoir complètement fini avec le « sujet Daniel », mais je suis parfaitement d'accord pour me changer les idées.

— Vas-y, je t'écoute.

— Pascal a terminé son scénario pour *Le Vilain Petit Canard*. Tu veux que je te le prête ?

J'aimerais bien, mais je doute que l'auteur saute de joie à cette idée.

— Tu es sûre qu'il serait d'accord ?

— Tu dois jouer dedans, alors, tu auras à le lire de toute façon.

Elle n'a pas tort. Et je la soupçonne de vouloir que je parte tout de suite avec le scénario pour avoir le champ libre et courir retrouver son metteur en scène. D'ailleurs, j'avoue que j'ai très hâte de lire le nouveau chef-d'œuvre de Pascal.

J'accepte donc l'offre de Clara. Je me dépêche de rentrer chez moi pour me plonger dans ma lecture… et arrêter de penser à Daniel.

▲ ▼ ▲

Comme chef-d'œuvre, on a déjà vu mieux. *Le Vilain Petit Canard* n'a rien à voir avec *Alice au Pays des Merveilles*, que j'ai trouvée géniale, comme tout le monde. Pascal raconte cette fois l'histoire d'une fille qui débarque dans une nouvelle école, s'y sent un peu perdue et finit par trouver sa place lorsqu'elle tombe amoureuse. On croirait lire la biographie de Clara… J'adore Clara, je la trouve très intéressante, mais je ne crois pas que sa vie mérite d'être adaptée en comédie musicale. Peut-être que Pascal a voulu lui faire plaisir. Peut-être qu'il est tellement obnubilé par sa blonde qu'il ne peut pas penser à autre chose. Toujours est-il que le résultat est décevant.

J'ai lu le scénario d'une traite, sans m'arrêter, comme on lit le roman d'un auteur qu'on aime en attendant le moment où ça débloque et devienne intéressant. Rien à faire, je n'accroche pas. Et je me demande comment je vais l'avouer à Clara…

Elle me téléphone le lendemain, après le dîner. Moi qui suis une lève-tôt, je traîne encore en pyjama. Daniel parti, je n'ai plus goût à rien. Je n'ai surtout pas envie de me chamailler avec Clara au sujet du génie créateur de son amoureux.

Heureusement, elle n'y fait même pas allusion.

— Julie, il faut que je te parle. Qu'est-ce que tu faisais ?

— Pas grand-chose. Rien du tout, en fait. Tu veux qu'on aille marcher ?

— Bonne idée. J'arrive.

Elle ne me donne pas le moindre indice, pas la moindre piste. Il faudra que je l'attende pour savoir ce qu'elle a de si important à me dire. Du Clara tout craché, quoi ! Intriguée, je m'habille en me disant que je suis chanceuse de l'avoir comme amie. Sans elle, j'aurais probablement passé la journée à flâner dans la maison, alors qu'il fait un soleil resplendissant. Il va falloir que je me donne un bon coup de pied au derrière. La déprime, ça ne me va pas du tout.

Mon amie débarque avec son énergie, ses cheveux roux et un air totalement catastrophé. Ça ne m'empêche pas de lui sourire de toutes mes dents. Je connais Clara et ses catastrophes… En fermant la porte de la maison, je lance :

— Alors, qu'est-ce que tu as de si important à m'annoncer ?

Elle semble nerveuse.

— Je ne sais pas comment te dire ça…

— Prends une grande inspiration et laisse tout sortir d'un coup.

Elle s'exécute en regardant droit devant elle :

— Pascal m'a donné le premier rôle même s'il te l'avait promis à toi, et j'ai essayé de le faire changer d'idée mais il ne veut rien savoir.

Elle tourne la tête vers moi et me dévisage en se mordant la lèvre inférieure. La nouvelle ne devrait pas me faire si mal. Il ne s'agit que d'une comédie musicale, après tout. Et mauvaise, en plus ! Il n'y a quand même pas de quoi pleurer ! Alors, pourquoi est-ce que j'ai les yeux pleins d'eau ? J'essaie d'avoir l'air à peu près indifférente.

— Ça ne fait rien. Je suis sûre que tu feras un malheur, encore une fois.

— Tu n'es pas très convaincante. Je sais que ça te fait quelque chose.

— C'est peut-être pour ça que Pascal a changé d'idée. Parce que je ne suis pas une bonne actrice.

Je sais bien que ça n'a rien à voir. Pascal n'a pas encore digéré notre rupture, à Philippe et moi. Je me demande s'il ne le prend pas encore plus mal que Philippe lui-même.

— J'ai vraiment essayé de le convaincre, Julie. Je te le jure. Je lui ai dit que tu étais une bien meilleure danseuse, que tu avais beaucoup plus de présence sur la scène, que tu saurais chanter aussi bien que moi, ce qui n'est pas difficile…

Chaque argument me rentre dans le cœur. Je sais que je serais meilleure que Clara. Ce n'est pas de la prétention ; depuis que je suis toute petite, on me dit que je suis faite pour la danse, faite pour la scène. J'imagine que j'ai fini par me le rentrer dans le crâne. Clara était extraordinaire en Alice, mais les circonstances étaient assez particulières. Pour *Le Vilain Petit Canard*, je sais que Pascal a l'intention de se limiter au rôle de metteur en scène. Sans lui pour l'accompagner sur scène, Clara ne jouera pas de la même façon. À l'entendre parler, elle-même n'a pas tellement envie de prendre le rôle principal sans son amoureux pour jouer… l'amoureux.

Plus elle parle, plus elle s'enflamme. Mon amie croit tellement en mon talent que c'en est gênant. Si un jour j'ai besoin d'une agente, je saurai qui aller voir.

Je me rends compte que je tenais à ce projet plus que je ne le croyais. Si Clara n'arrête pas d'en parler bientôt, je ne pourrai plus me retenir. La boule dans ma gorge prend déjà des proportions inquiétantes. Je la coupe en plein milieu d'une phrase :

— Tu crois qu'il va me pardonner un jour ?

Ça marche. Clara oublie aussitôt *Le Vilain Petit Canard*. Elle tourne la tête vers moi d'un air surpris.

— Qui ? Pourquoi ?

Elle est vraiment déconnectée de la réalité, des fois.

— Pascal. Parce que j'ai laissé Philippe.

Elle sourit.

— J'y travaille. Et tu me connais, quand j'ai quelque chose dans la tête, je ne l'ai pas dans les pieds.

— Oui, mais Pascal est pareil.

Elle hausse les épaules avec un sourire.

— Juliette, il ne faut jamais sous-estimer le pouvoir d'une femme sur un homme !

Elle parle comme s'ils avaient trente ans tous les deux ! La boule dans ma gorge disparaît comme par magie, et je me mets à rire aussi.

— Tu ne vends pas ton corps pour moi, j'espère ?

Elle me fait un clin d'œil.

— Je n'ai pas besoin de le vendre. Avec Pascal, je suis prête à tout donner.

Leur histoire a l'air tellement simple. Ils s'aiment, ils sont bien ensemble et c'est tout. Depuis la fameuse lettre, Clara ne se pose plus de questions et le temps est au beau fixe. Est-ce que je pourrai vivre ça, un jour, avec Daniel ? J'en doute…

Je pousse un soupir. Croyant que je pense encore à la comédie musicale, Clara essaie de me rassurer :

— Ne t'inquiète pas, Juliette, je n'ai pas dit mon dernier mot. Tu vas l'avoir, ce rôle. Moi, il ne m'intéresse pas.

Je réussis à sourire et à enchaîner sur un sujet moins douloureux, mais mon cœur et ma tête sont à des kilomètres d'ici.

Chapitre 4

C'est drôle, le bonheur. On dit que l'amour rend aveugle. Le bonheur, lui, rend sûrement inconscient. Habituellement, une semaine avant la rentrée scolaire, je me sens plutôt déprimée ; cette année, je me fiche complètement de recommencer l'école dans dix jours.

Aujourd'hui, je me sens revivre. Comme si j'étais une fleur privée d'eau depuis deux semaines qu'on vient d'arroser. J'imagine qu'une fleur privée d'eau deux semaines mourrait, et c'est comme ça que je me sentais : morte à l'intérieur, ou en tout cas seulement à moitié vivante. Mon cœur ne battait plus très fort. Mais là… Là, Daniel est arrivé et mon cœur tourne à plein régime.

Je crois que je suis réellement amoureuse. Je pensais qu'avec Daniel je ressentais surtout une attirance physique, mais je n'en suis plus si certaine. Je devrais peut-être m'en inquiéter, parce que je risque d'en souffrir plus tard, mais pour l'instant, je suis trop heureuse pour y penser. J'aurai tout le temps de m'inquiéter lorsqu'il repartira.

Cette fois, c'est moi qui suis venue le rejoindre. Aujourd'hui, il s'est d'abord rendu chez sa mère, puis m'a téléphoné. J'ai presque fait le trajet en dansant. Depuis que j'ai franchi le seuil de la porte, il n'a pas lâché ma main. On ne peut pas s'embrasser comme on voudrait, évidemment, avec sa mère qui rôde, mais ce contact de nos doigts mêlés me trouble autant que ses baisers.

À un moment où sa mère ne regardait pas, Daniel a levé mes mains jusqu'à ses lèvres et a embrassé chacune de mes jointures, les yeux plongés dans les miens. J'aurais pu passer le reste de ma vie comme ça.

Pascal est là aussi, avec Clara. Il a l'air à peu près de bonne humeur. Je ne sais pas si c'est pour faire plaisir à sa mère ou parce que Clara l'a convaincu d'y mettre du sien, mais il a perdu l'air bête qu'il affiche toujours quand Daniel est dans la même pièce. Nous avons eu droit à quelques sourires. Pas délirants, les sourires, mais sincères, au moins.

Avec quatre jeunes autour de sa table, la mère de Daniel et Pascal semble parfaitement heureuse. Je crois que cette femme-là était faite pour avoir beaucoup d'enfants, comme dans les familles d'autrefois. Elle sourit tout le temps, mais plus encore aujourd'hui. Daniel a ses yeux. Pascal a hérité de tout le reste.

Daniel parle de sa vie à Québec. Son travail de photographe a l'air passionnant. C'est vrai que tout ce qui concerne Daniel me passionne… Pascal, lui, semble à peine entendre son frère. Il paraît très surpris quand Daniel lui demande :

— Et toi, ta prochaine comédie musicale, ça avance ?

Pascal se raidit aussitôt, comme s'il cherchait une menace ou une moquerie dans cette question banale. Il hésite, jette un coup d'œil à Clara puis répond :

— Je ne savais pas que tu étais au courant.

— Julie m'en a parlé.

Un autre coup d'œil de Pascal, cette fois vers moi, qui réprime une furieuse envie de plonger le nez dans mon assiette.

— Ah ? Et qu'est-ce qu'elle t'a dit ?

— Que la première était géniale et qu'elle avait hâte de jouer dans la deuxième. Il paraît que tu t'inspires du *Vilain Petit Canard*. Elle m'a aussi dit que tu lui avais promis le premier rôle mais que tu avais changé d'idée, et que c'était probablement à cause de moi.

— Elle a raison sur presque tout. Mais je n'avais rien promis à personne.

Cette façon qu'ils ont de parler de moi comme si je n'étais pas là me met extrêmement mal à l'aise. Clara joue avec sa fourchette sans rien avaler. La mère de Pascal a perdu son sourire. Les deux frères s'affrontent du regard, cherchant l'angle par lequel attaquer. Je sens que la comédie musicale n'est qu'un prétexte.

Avant que l'un ou l'autre ait pu ouvrir la bouche, Clara annonce :

— Julie a lu le scénario. D'ailleurs, tu ne m'as pas encore dit ce que tu en pensais.

Je pourrais l'étrangler. S'il y a une chose dont je n'ai pas envie en ce moment, c'est que l'attention se reporte sur moi. Mais Clara me regarde avec un air tellement plein d'espoir que je décide de plonger.

Malheureusement, je sens que ce que je vais dire va jeter de l'huile sur le feu. Je ne mens jamais et la façon dont Pascal parlait de moi tout à l'heure me donne envie de lui rentrer dedans. Désolée, Clara.

— Je pense que ce n'est pas mauvais, mais que ce n'est pas extraordinaire non plus. Je m'attendais à plus.

— Dans quel sens ? demande Pascal.

Moi qui espérais le piquer au vif, j'ai raté mon coup. Pascal a l'air intrigué plus qu'insulté. Clara, elle, tombe des nues.

— Dans le sens que j'ai trouvé l'histoire plutôt ordinaire. C'est prévisible, ça ressemble trop à la vie d'une personne… normale, si je peux dire. C'est le genre d'histoire que n'importe qui pourrait vivre. Dans *Alice*, il y avait une espèce de mystère, un sens caché… Là, tout est beaucoup trop évident. Dès le début, on sait comment ça va finir. Je pensais que tu allais encore nous pondre quelque chose de génial, mais j'ai l'impression que tu es vraiment passé à côté. N'importe qui aurait pu écrire ta version du *Vilain Petit Canard*.

Personne ne bouge. Personne ne parle. J'attaque mon poulet comme si je voulais le tuer une deuxième fois. Daniel finit par émettre un long sifflement et dit :

— Ouais, tu n'y vas pas avec le dos de la cuiller, ma Julie !

J'ai envie de lui répliquer que je ne suis pas *sa* Julie. Je me sens d'humeur massacrante. Je voulais faire mal à Pascal, eh bien ! c'est réussi. Il a l'air démoli. Je croyais qu'il répliquerait, qu'il se fâcherait, qu'il crierait. J'aurais pu crier aussi, ça nous aurait fait du bien à tous les deux. On aurait peut-être pu venir à bout de cette tension qui plane entre nous depuis que j'ai laissé Philippe.

Mais on ne viendra à bout de rien du tout. Pascal passe le reste du repas à nous observer en silence, l'air complètement ailleurs.

Une heure plus tard, juste avant de partir avec Pascal, Clara me prend à part et chuchote :

— Franchement, je ne te pensais pas si méchante ! Il y a une façon de dire les choses, il me semble ! Et puis tu aurais dû attendre un autre moment pour te défouler !

— Je te ferai remarquer que c'est toi qui as voulu que je donne mon opinion. Moi, je n'avais absolument pas l'intention d'en parler.

— Bon, d'accord, mais quand même !

Pour la première fois, depuis que je la connais, mon amie est furieuse contre moi. L'expérience n'a rien d'agréable.

— Je suis désolée, Clara. Je ne pensais pas qu'il le prendrait aussi mal.

— Comment voulais-tu qu'il le prenne ? Tu l'as attaqué dans ce qu'il a de plus important, dans ce qu'il est. Comment tu réagirais, toi, si on te disait que tu danses comme un pied ?

Évidemment, je n'avais jamais envisagé la question sous cet angle. Mal à l'aise, je rétorque :

— Je n'ai quand même pas dit qu'il écrivait comme un pied…

— Non, mais presque. En tout cas, c'est comme ça qu'il l'a pris. Et moi aussi.

Avec ses cheveux roux et ses yeux qui lancent des couteaux, Clara a l'air d'une tigresse prête à bondir. Je me sens toute petite.

— Je suis désolée, Clara.

— Tu te répètes. De toute façon, ce n'est pas à moi que tu devrais t'excuser.

Pascal passe près d'elle et lui prend la main.

— Tu viens, Clara ? J'ai besoin de prendre l'air.

— Oui, moi aussi. À lundi, Julie.

Elle sait qu'elle ne me verra plus de la fin de semaine, puisque Daniel est là. Je me sens comme une condamnée à mort en sursis.

▲ ▼ ▲

Heureusement, il y a Daniel. Encore toute à son bonheur de nous avoir eus tous les quatre autour de la table, même si la conversation a mal tourné, sa mère a baissé la garde et nous laisse nous enfermer dans la chambre de mon amoureux. Je suis bien assez grande pour veiller sur moi-même, non ?

Peut-être. Peut-être pas…

Le seul fait de savoir qu'elle se trouve dans la maison nous refroidit un peu. Nos bouches sont moins gourmandes, nos mains moins pressées. Au bout de quelques minutes, je me détache de lui.

— Tu sais à quoi je pensais, pendant le souper ?

— Et toi, tu veux savoir à quoi je pense en ce moment ?

Je n'ai aucun mal à le deviner. Je réponds très vite :

— Non, merci. Ce que moi, je me disais, c'est que j'aimerais beaucoup voir tes photos. Celles que tu prends pour ton travail. Ou les autres, si tu en as d'autres.

J'ai toujours l'impression de m'empêtrer dans mes mots quand je dis plus d'une phrase à Daniel. Surtout quand il me regarde avec ses yeux de grand méchant loup affamé.

Il y a des moments, comme ça, où je me demande pourquoi je tiens tant à ne pas faire l'amour avec lui tout de suite.

Daniel me sourit.

— J'en ai justement apporté au cas où tu voudrais les voir. Viens, je vais te les montrer.

Daniel me met un album de photos entre les mains. Du coup, mon corps oublie de trembler, de frissonner et d'avoir chaud. Je ne suis plus qu'une paire d'yeux attentifs et émerveillés.

Je croyais que Pascal était l'artiste de la famille, mais j'en découvre un autre. Je tourne les pages de l'album lentement, sans un mot, sachant que rien de ce que je pourrais dire ne serait à la hauteur. C'est à peine si je laisse échapper un soupir ou une exclamation de temps en temps. Les couleurs, les éclairages, les angles, tout est parfait.

Une fois la dernière page tournée, je m'apprête à recommencer au début quand Daniel m'arrête en riant.

— Tu as perdu ta langue, ma belle ?

Quand il m'appelle « ma belle », ça me tape royalement sur les nerfs. Comme si j'étais une enfant ou une de ses innombrables conquêtes.

— Tu as eu combien de blondes dans ta vie ?

— C'est quoi le rapport avec mes photos ?

— Il n'y en a pas. Alors ?

— Alors, alors… Je ne sais pas. Sept ou huit, peut-être. Qu'est-ce que ça change ? Tu ne vas pas commencer à être jalouse ?

Je ne réponds pas que oui, bien sûr, je suis jalouse. Ce serait la meilleure façon de le faire fuir, j'imagine. Mais j'ai l'impression de n'être qu'une fille de plus sur sa route. Et, bientôt, une fille de plus dans son lit.

Daniel se penche vers moi et demande de sa voix la plus douce :

— Dis-moi ce que tu penses de mes photos. C'est très important pour moi.

Du coup, j'en oublie ma jalousie. J'ouvre à nouveau l'album.

— Elles sont superbes. Mais elles ne sont pas juste belles. Elles parlent. On dirait que chacune raconte une histoire. On sent les émotions dans les visages, on a l'impression de connaître ces gens-là… Comment tu réussis à faire ça ?

Toujours penché vers moi, il murmure :

— Et toi, comment tu réussis à nous transmettre tes émotions quand tu danses ? Comment tu réussis à capter l'attention de tout le monde dès que tu mets le pied sur une scène, même si tu n'es pas toute seule, et jusqu'à ce que tu en sortes ?

Daniel a vu la bande vidéo du spectacle de l'École de Ballet. Je savais qu'il m'avait trouvée bonne, mais je ne pensais pas l'avoir impressionné à ce point-là. Je hausse les épaules.

— Je ne suis pas une professionnelle, quand même…

— Arrête, Julie. Tu es bonne et tu le sais. Tu as un talent inné. La danse fait partie de toi… comme la photo fait partie de moi. On est pareils, nous deux. C'est pour ça qu'on est si bien ensemble.

Il se remet à m'embrasser. Je ferme les yeux. Ses mains se faufilent sous mon chandail comme si c'était le geste le plus naturel du monde. Maintenant, je me sens parfaitement à ma place avec lui. Ses mains, douces au début, se font plus insistantes. Les bras autour de son cou, j'ai l'impression de me trouver sur un bateau qui tangue. J'ai la tête qui tourne. Quand il dégrafe mon soutien-gorge, je le serre encore plus fort, pour me raccrocher à quelque chose et m'empêcher de chavirer.

Je chavire quand même.

Daniel me fait basculer sur le dos et continue de m'embrasser en me caressant les seins. Je ne vois plus rien, je n'entends plus rien, je ne sens plus rien, sauf ses mains sur moi. Je n'ai plus de jambes, plus de bras et, surtout, plus de cerveau. Je ne suis qu'un cœur qui bat et une peau qui brûle.

Tout à coup, du fond de mon brouillard, j'entends un bruit étouffé. Des pas dans le couloir. J'ouvre les yeux, revenant brutalement sur terre. Tout mon corps se raidit. Les mains de Daniel se figent.

— Qu'est-ce qu'il y a ?

Je me racle la gorge. Est-ce que j'ai encore une voix ?

— Ta mère… Je l'entends marcher. Ça me dérange.

Daniel se redresse, passe une main dans ses cheveux. Est-ce que c'est mon imagination ou elle tremble vraiment ?

— Évidemment, ce n'est pas l'idéal. Tu devrais venir avec moi à Québec, Julie. Avant que l'école recommence. Je pourrais t'emmener et te ramener à la fin de la semaine.

Je rattache mon soutien-gorge. Ça n'a rien de facile quand on a les doigts qui tremblent et le plus beau gars du monde devant soi.

— J'adorerais…

— Je sens qu'il y a un « mais » qui s'en vient.

Je soupire.

— … mais mes parents ne voudront jamais.

Il y a une semaine, je me serais servi de mes parents comme prétexte pour ne pas y aller. Je me serais cachée derrière cette excuse pour refuser l'offre de Daniel, pour résister au grand méchant loup. Aujourd'hui, je n'ai plus envie de résister. Le loup ne me semble plus méchant. Je ne me sens plus comme un petit chaperon rouge. Je me sens plutôt comme une fille prête à grandir, à franchir une autre étape. Mais où ? Et quand ? Sûrement pas ici, avec la mère de Daniel de l'autre côté de la porte. Sûrement pas chez moi, où ma mère me surveille comme si Daniel était un criminel en liberté conditionnelle. Elle ne nous laisse jamais seuls plus d'une minute. On n'a pas le temps de faire grand-chose en une minute…

— Tu leur as demandé ?

— Non, pas encore, mais je les connais.

— Il va bien falloir qu'ils te laissent aller un jour ou l'autre. Demande-leur, d'accord ? Et essaie d'être convaincante.

Je hoche la tête sans grand espoir.

Chapitre 5

Évidemment, mes parents ont dit non. Je leur en veux d'essayer de contrôler ma vie, de m'imposer leurs opinions. Quand on est petit, les parents nous poussent à devenir autonomes, indépendants, à nous débrouiller sans eux. Arrive l'adolescence et ils souhaitent qu'on se transforme en marionnettes qu'ils peuvent manipuler à leur gré. Après ça, ils disent que les jeunes ne savent pas ce qu'ils veulent. Ils pourraient se regarder avant de parler.

Ma dernière semaine de vacances s'est donc écoulée dans une atmosphère plutôt tendue. Je suis contente de voir arriver septembre. J'ai surtout très hâte que les cours de l'École de Ballet reprennent, mais pour ça, il faudra attendre encore. Je ne fais que ça, attendre, depuis que je connais Daniel.

Clara est encore plus contente que moi de recommencer l'école. Elle a tellement hâte de travailler sur la comédie musicale de Pascal que c'en est presque une obsession. Elle ne parle que de ça. Elle a fini par me pardonner ma critique quand elle a compris que j'avais voulu brasser Pascal pour crever l'abcès, pour arranger les choses entre lui et moi. Même si mon plan n'a pas fonctionné, elle a admis que ce n'était pas une si mauvaise idée et qu'elle aurait peut-être fait pareil.

Monique, l'animatrice à la vie étudiante, a posé une affiche sur le mur, à côté de son bureau, pour que les élèves qui s'intéressent à la comédie musicale inscrivent leur nom. Elle n'est là que depuis ce matin et elle est déjà presque pleine. Pourtant, c'est une grande affiche ! Clara jubile. Pascal… Pascal, je ne sais pas ce qu'il ressent. Il ne me parle pas beaucoup.

Je n'ai pas pensé à lui depuis la dispute que j'ai eue avec mes parents à propos de Daniel. J'avais d'autres préoccupations, beaucoup plus importantes. Maintenant que

Daniel est parti, que je commence à entrevoir la fin des hostilités avec mes parents et que les répétitions s'en viennent, les mots de Clara me reviennent à la mémoire. Elle avait raison, je devrais m'excuser. Malgré ce que plusieurs semblent croire, je n'aime pas faire de mal aux autres. Philippe, par exemple. Je n'ai pris aucun plaisir à le blesser et j'aurais bien voulu que ça se passe autrement. J'aurais voulu l'aider, le consoler, mais je n'ai rien pu dire ou faire. Il n'y avait rien à dire ou à faire. Il avait trop mal.

Moi aussi, une partie de mon cœur s'est brisée le soir où je l'ai laissé, mais personne ne semble prêt à me croire. Je ne suis pas égocentrique au point d'affirmer que j'ai souffert autant que Philippe, mais j'ai trouvé la rupture difficile. Et quand je pense à lui, ça me fait encore mal. J'ai honte de moi. Et je me dis que, dans le fond, si Daniel me laisse un jour, je l'aurai mérité.

Je devrais peut-être me trouver des pensées plus joyeuses avant de déprimer complètement. Une bonne façon d'améliorer ma vie serait de m'excuser auprès de Pascal. Ça me ferait toujours ça de moins sur la conscience… Le problème, c'est que j'ai envie que ça se passe entre lui et moi, point. Sans témoin. Sans Clara. Et Pascal sans Clara, c'est quelque chose qu'on voit rarement.

Une semaine après le début des classes, alors que la routine commence à s'installer, que les bronzages commencent à pâlir et que l'inscription au cours de ballet arrive à grands pas, je tiens enfin ma chance. Clara s'est inscrite au comité du bal des finissants et elle a sa première réunion. Par une heureuse coïncidence, je sors de l'école juste derrière Pascal.

Le temps gris s'accorde assez à mon humeur. Espérons que son état d'esprit à lui est moins sombre…

Je le rejoins sans réfléchir. Si je commence à me poser des questions, je ne trouverai jamais le courage de l'aborder.

— Pascal! Attends!

Il aurait pu accélérer ou faire comme s'il ne m'avait pas entendue, mais non, il s'arrête, se retourne et m'attend. Je cours le rejoindre avant de changer d'idée.

Je suis essoufflée en arrivant près de lui, mais si mon cœur bat aussi fort, c'est plus à cause de la nervosité que de ma course. Il me regarde à travers ses lunettes et je comprends

Clara d'être tombée amoureuse de ces yeux-là. Pascal ne m'a jamais attirée, mais il a une de ces façons de regarder les gens… Comme si ce qu'on avait à dire était toujours de la plus haute importance.

— Pascal… Je voulais m'excuser. Je suis désolée d'avoir été aussi dure avec toi, l'autre jour. Ce que je voulais dire…

— Ce que tu voulais dire, c'est que ce n'était pas bon, et tu avais raison. Ne va surtout pas t'excuser. Si tu n'avais pas donné ton avis, j'aurais monté un navet.

Mon air surpris le fait sourire. Je ne me rappelle pas de la dernière fois que Pascal m'a souri.

Nous nous mettons à marcher côte à côte. Il me semble voir un rayon de soleil…

— Mais qu'est-ce que tu vas faire ? Beaucoup d'élèves se sont inscrits déjà…

— J'ai écrit un autre scénario. Juste un brouillon, mais c'est assez complet. Je crois qu'il est meilleur que le premier. Tu voudrais le lire et me donner ton avis ?

Pendant une fraction de seconde, mes pieds refusent d'avancer et ma bouche, de parler. Mon cerveau est trop occupé à digérer les paroles de Pascal pour envoyer les signaux qu'il faut à mes muscles. Est-ce que j'ai bien compris ? Pascal veut me faire lire son scénario ? Il veut savoir ce que j'en pense ?

— Si tu ne veux pas, tu n'as qu'à le dire…

Je retrouve ma voix.

— Oh ! oui, je veux ! Comment Clara l'a trouvé, elle ?

— Elle ne l'a pas encore lu.

Cette fois, j'arrête carrément de marcher.

— C'est vrai ? Je vais être la première ?

Pascal s'immobilise aussi et hausse les épaules.

— Il n'y a rien d'extraordinaire là-dedans. Ça prend bien un premier lecteur, et tu es la seule qui a l'esprit assez critique pour me dire ce que ça vaut vraiment.

— Je ne suis pas une experte, quand même…

— Non, mais tu es plus objective que Clara et moi.

J'ose sourire à mon tour.

— C'est vrai que Clara trouve tout ce que tu fais absolument génial.

Le sourire, les yeux de Pascal ont quelque chose de rêveur quand il réplique :

— C'est réciproque.

Le temps d'un battement de cils, je me demande ce que Daniel dit de moi quand je ne suis pas là, et comment il le dit. Il ne m'a jamais regardée comme Pascal regarde Clara, avec cette espèce de tendresse, cette expression de pur bonheur.

Il ne m'a jamais dit qu'il m'aimait.

Je n'ai pas envie de penser à Daniel. Pas tout de suite, avec Pascal à côté de moi qui semble enfin prêt à faire la paix.

Je recommence à marcher en essayant de faire passer la boule dans ma gorge. Nous gardons le silence pendant quelques minutes. Contrairement à la plupart des gens, je me suis rapidement sentie à l'aise avec Pascal. D'accord, au début, il m'intimidait, mais j'ai vite compris que derrière ses airs de dur, il était aussi humain que n'importe qui… et plus vulnérable que beaucoup de gens.

Certaines personnes croient que l'amitié entre gars et fille est impossible, qu'il y en a toujours un des deux qui voudrait que cette amitié évolue vers autre chose. Ils se trompent. J'aime beaucoup Pascal, mais il n'est pas mon genre, côté amoureux, et je n'ai jamais ressenti le besoin de le séduire. Le contraire est aussi vrai, j'imagine. C'est drôle de penser que son frère me met dans tous mes états, alors que lui ne m'a jamais attirée…

Encore Daniel ! Pour le chasser de mes pensées, je lance sans trop réfléchir :

— Tu as des nouvelles de Philippe ?

Pascal prend une grande inspiration, comme s'il voulait se calmer ou peser ses mots, puis répond :

— J'aimerais mieux qu'on ne parle pas de Philippe.

J'ai compris. Le sujet Philippe est un terrain miné. Pascal ne m'a pas encore pardonné ma « trahison ». Ça va prendre du temps, je pense.

Heureusement, je connais un sujet qui est sûr de lui plaire et qui nous intéresse tous les deux : Clara. Jusqu'à la maison de Pascal, nous parlons donc de mon amie et de son intérêt démesuré pour le bal des finissants, qui est plutôt surprenant, étant donné que c'est seulement sa deuxième année à notre école.

J'ai beau essayer de ne pas penser à Daniel, il est toujours là, en arrière-plan, dans mon esprit. Quelque chose me dit qu'à Québec, il ne parle pas de moi comme ça à ses amis. Je ne suis même pas certaine qu'il parle de moi tout court.

Pascal me remet son scénario. Il essaie d'avoir l'air nonchalant, mais il a les mains qui tremblent. Ses mains le trahissent toujours.

J'ai hâte de le lire. Cette fois, s'il y a des choses que je n'aime pas, je ferai attention à ma façon de l'exprimer.

Je dis doucement :

— Merci beaucoup, Pascal. Je me plonge là-dedans tout de suite et je t'appelle après.

▲ ▼ ▲

J'aurais envie d'applaudir. Cette fois, Pascal a imaginé un spectacle digne de lui. Une histoire qui prend aux tripes, à laquelle on croit et qui nous tient en haleine du début à la fin.

Le rôle de Léa est fait sur mesure pour moi. Je suis prête à tout promettre pour que Pascal me l'offre. J'avale mon souper en vitesse, puis m'empare du téléphone.

Il répond à la première sonnerie.

— Allô !

— J'ai fini.

— Et ?

— Tu n'aimerais pas qu'on s'en parle en personne plutôt qu'au téléphone ?

Il semble nerveux.

— Oui, bonne idée. Tu veux que j'aille chez toi ?

Je sens qu'il ne tiendrait pas en place, à m'attendre chez lui.

— Viens-t'en, je ne bouge pas d'ici.

Encore captivée par l'histoire, je relis quelques passages. Pascal n'a fait qu'une espèce de brouillon, un plan assez détaillé, mais sans travailler beaucoup les dialogues. Il complétera pendant les répétitions. On sent quand même l'énergie, l'émotion, et on peut presque entendre la musique… Je sais exactement comment doit bouger Léa, comment elle doit parler. Si Pascal ne me donne pas ce rôle, j'en ferai une dépression, c'est sûr.

Léa, une fille plutôt fade, vit dans l'ombre de sa sœur jumelle, Mélissa. Plus jeunes, elles étaient les meilleures amies du monde, mais dès que Mélissa a découvert les garçons, et surtout le pouvoir qu'elle avait sur eux, les deux sœurs ont commencé à s'éloigner l'une de l'autre. Mélissa collectionne les amoureux et s'épanouit comme une fleur au soleil, prenant de plus en plus de place à leur école. Léa se met à la détester, mais Mélissa ne semble pas le remarquer, ce qui rend Léa encore plus furieuse.

Le rideau s'ouvre donc sur une Léa déprimée, malheureuse, certaine qu'elle ne vaut pas grand-chose et que les bonnes fées ont tout donné à sa jumelle. Elle rase les murs jusqu'au jour où elle se découvre un talent pour la danse. Elle se promet alors de tout faire pour devenir plus populaire que sa sœur. Elle fonde une troupe de danse, monte un spectacle et prend de l'assurance à mesure que son projet avance. Pour se démarquer encore plus de Mélissa, elle s'habille et se coiffe différemment. Elle attire l'attention d'un garçon dont elle tombe amoureuse, et se rend compte que plus sa relation avec son amoureux progresse, moins elle a besoin de surpasser sa sœur. Elle finit par comprendre que l'important, c'est d'être heureux plus que populaire.

L'histoire est simple, banale même, mais Pascal a réussi à la rendre captivante. Ça n'a plus grand-chose à voir avec *Le Vilain Petit Canard,* mais c'est excellent. Avec des dialogues et des chansons comme il sait en composer, je suis sûre que Pascal va encore remporter un énorme succès.

Au moment où il sonne à la porte, je suis gonflée à bloc et prête à vendre mon âme au diable pour obtenir le rôle de Léa.

— Salut, Pascal. Tu as fait ça vite !

— Alors, qu'est-ce que tu en penses ? Et sois franche.

Il n'est même pas entré qu'il semble déjà prêt à s'enfuir en courant.

Je le tire à l'intérieur, ferme la porte derrière lui et m'adosse au mur en croisant les bras. J'essaie de me donner un air nonchalant malgré mon cœur qui cogne. La preuve que je peux jouer la comédie, moi aussi…

— C'est bon. Excellent même.

— Mais ?

— Mais… rien. J'ai trouvé cette idée dix fois meilleure que la première. Sauf que…

— Je savais bien qu'il y avait un mais !

Je souris et essaie de prendre un air convaincant.

— Ça te prend une bonne danseuse. Une fille qui a l'habitude de la scène et des solos.

— Une fille comme toi, j'imagine.

Pascal est un expert dans l'art de dissimuler ses émotions. Rien, dans sa voix, ne m'indique s'il a envie de m'offrir le rôle ou pas. J'insiste :

— Léa est faite pour moi et je suis faite pour elle. Demande-moi n'importe quoi, mais laisse-moi la jouer, s'il te plaît.

— Tu ferais n'importe quoi ?

— N'importe quoi.

Il s'appuie au mur à son tour et me regarde droit dans les yeux. Il attend une seconde, les bras croisés, me dévisageant comme s'il voulait me mettre à l'épreuve.

— Tu laisserais Daniel ?

Mon cœur cesse de battre. J'arrête de respirer. Parfaitement immobile, je réussis à demander sans cligner des yeux :

— Tu ne me demanderais pas ça…

Pascal soutient mon regard pendant de longues secondes, puis soupire :

— Évidemment que non, je ne te demanderais pas ça. Tu sais bien que j'ai écrit le rôle de Léa en pensant à toi.

Mon cœur recommence à cogner dans ma poitrine. J'aurais envie de sauter de joie.

— Et Clara va jouer Mélissa ?

— Si elle veut.

— Elle va dire oui, c'est sûr !

Cette fois, je ne me retiens pas. Je saute sur place, au bord de l'hystérie, un grand sourire aux lèvres.

— Ça va être super ! Merci beaucoup, Pascal.

— Ne me remercie pas trop vite. J'ai l'intention de te faire travailler très fort.

— Je sais. Et j'ai hâte de commencer.

Je devrais peut-être m'arrêter là, savourer ma joie et ne pas trop pousser ma chance, mais il y a une question qui me trotte dans la tête depuis que j'ai commencé ma lecture. Je ne sais pas si Pascal acceptera d'y répondre... Tant pis, je la pose:

— *Alice*, c'était l'histoire de Philippe. Celle-ci, c'est à propos de Daniel et toi, non?

Il perd son sourire et son air nonchalant. Soudain, il a l'air d'un animal prêt à bondir... pour se battre ou pour s'enfuir.

— Qu'est-ce qui te fait dire ça?

— C'est assez évident. Tu as changé le sexe des personnages, mais pour le reste, c'est plutôt ressemblant. La fille qui déteste sa sœur parce qu'elle est trop populaire et qu'elle réussit trop bien, qui s'arrange pour être différente de tout le monde et qui finit par tomber amoureuse... Ça ressemble à ce que tu as vécu depuis un an, non?

— Oui, mais tu mélanges les choses. Et tu oublies que Léa ne déteste plus Mélissa à la fin. Moi, je n'aime pas plus Daniel que l'année dernière. Et en plus, elle la déteste parce qu'elle en est jalouse. Ce n'est pas pareil du tout.

Ah non ? Il me semble plutôt que les deux histoires se ressemblent énormément… Mais je ne vais pas mettre en péril la paix fragile qui vient de s'installer entre Pascal et moi. Je n'insiste donc pas… mais j'ai bien l'intention de revenir à la charge plus tard.

▲ ▼ ▲

Clara est impressionnée par le scénario, emballée de jouer Mélissa et absolument ravie que Pascal m'ait donné le rôle de Léa.

— Il ne m'en avait même pas parlé ! Peut-être parce qu'il ne veut pas admettre que j'avais raison… Depuis le début, je lui répète sur tous les tons que ce serait criminel de ne pas profiter de tes talents dans sa comédie musicale. Il a fini par comprendre… Tu sais chanter ?

Clara a une façon de passer d'un sujet à l'autre qui me prend toujours par surprise. Et qui m'étourdit. Je mets quelques secondes à me remettre. Je n'avais pas pensé au côté « chanson » du projet ; moi, je me voyais seulement danser.

— Julie ?

— Heu, non, mais ça ne peut pas être pire que toi…

— Merci bien !

— Voyons, Clara, tu sais que c'est vrai !

— Oui, bon, pas besoin d'insister. Et tu vas voir, à force de répéter, ça va aller mieux. Si ça ne marche pas, Pascal va trouver une solution.

Clara a une confiance absolue en son amoureux. Si la guerre nucléaire était annoncée pour demain, elle serait convaincue qu'il nous tirerait de là en claquant des doigts.

Elle ajoute en me regardant d'un drôle d'air :

— Je me demande qui va jouer le rôle de Sébastien…

Sébastien, c'est le garçon qui tombe amoureux de Léa et qui finit par changer sa vie. Je vois parfaitement où Clara veut en venir.

— Peu importe qui ce sera, ne va pas t'imaginer toutes sortes d'histoires. En seize ans, je n'avais jamais été amoureuse, alors deux fois en six mois, c'est plus qu'assez.

Elle n'ajoute rien, mais son petit sourire en coin exprime clairement le fond de sa pensée : malgré mes protestations, elle ne désespère pas de me voir plonger bientôt dans un nouveau roman.

Encore…

Chapitre 6

Je n'ai pas vu passer les deux premières semaines de septembre. Entre l'école, le ballet qui vient de recommencer et la comédie musicale, je n'ai plus beaucoup de temps pour penser à Daniel. C'est à peine si j'ai le temps de lui parler au téléphone.

Je pourrais presque prétendre qu'il ne me manque pas.

On dirait que je suis capable de compartimenter ma vie : un tiroir pour l'école, un pour la danse, un pour Daniel… et que je peux les refermer à volonté. C'est pratique, bien que pas tellement romantique. Le tiroir Daniel est resté fermé pas mal tout le temps, ces dernières semaines. Ça veut peut-être dire quelque chose…

Quand j'étais amoureuse de Philippe, je pensais tout le temps à lui. J'ai même failli couler mon année !

Stop ! Si je commence à penser à Philippe et à l'habitude qu'il avait de me téléphoner tous les soirs, comme si c'était le moment le plus important de sa journée, je sens que je vais piquer une fameuse déprime.

Le téléphone se met à sonner alors même que j'allais décrocher pour passer un coup de fil.

— Allô !

— Salut, Juliette.

— Clara ! J'allais justement t'appeler…

— Tu veux qu'on travaille nos duos ?

— Décidément, tu lis dans mes pensées.

— Quelque chose me dit que tu as besoin de te défouler…

— Oui, mais ce n'est pas ce que tu penses.

— Et qu'est-ce que je pense ?

Je m'assois en tailleur sur mon lit. J'aurais envie de tout raconter à Clara, de me vider le cœur, de pleurer un bon coup. Je me sens toute croche.

— Tu crois que je m'ennuie de Daniel. Mais je pensais à Philippe.

Pour une fois, j'ai réussi à lui couper le sifflet. Après quelques secondes, elle grince :

— Ayoye ! Tu es en pleine crise de remords, c'est ça ?

— Non. Je me suis promis de ne jamais regretter de l'avoir laissé, peu importe les conséquences. Alors, tu viens répéter ?

— Et c'est toi qui dis que je ne suis pas subtile quand je veux changer de sujet !

J'avoue que j'aurais pu me montrer moins brusque, mais je ne veux pas parler de Philippe, pas au téléphone en tout cas. Comme je ne dis rien, Clara ajoute :

— J'arrive.

Elle doit s'imaginer qu'on parlera beaucoup et qu'on répétera très peu… Il y a trente secondes, c'était exactement ce que je voulais : parler et me vider le cœur. Maintenant, je n'en ai plus du tout envie. J'ai peur que Clara me dise que c'est bien fait pour moi. Bon, d'accord, elle ne le dirait pas, mais elle le penserait… et elle aurait raison.

— Promets-moi de ne pas parler de Philippe, d'accord ? Un autre jour, peut-être, mais aujourd'hui, je ne me sens vraiment pas d'attaque.

— Promis. Est-ce qu'on pourra parler de Daniel ?

Je souris.

— Oui, Clara-la-romantique, on pourra parler de Daniel.

Ma première pensée, en raccrochant, est qu'il n'y a pas grand-chose à dire sur Daniel.

C'est triste, mais c'est vrai.

▲ ▼ ▲

Pascal savait de quoi il parlait quand il prétendait qu'il me ferait travailler fort. Il avait prévu quelques chorégraphies pour *Alice*, mais il avait dû les annuler presque toutes, faute de participants. Pour *L'histoire de Léa*, il a mis le paquet. Avec neuf danseuses, il peut se le permettre. Moi, ça m'arrange. Ces temps-ci, il n'y a que quand je danse que je me sens bien dans ma peau et à ma place. Avec les cours de ballet et les répétitions pour la comédie musicale, j'ai l'impression de danser tout le temps, alors, je peux dire que ça va plutôt bien.

Aujourd'hui, nous travaillons à la pièce d'ouverture, avec une musique hyper-rythmée, le genre de musique qui m'allume le plus.

J'arrive à la répétition pleine d'idées et d'un enthousiasme délirant. Même le local de classe qui nous a été assigné et qui n'a absolument rien d'un studio de danse ne me coupera pas l'inspiration.

Par contre, mes coéquipières pourraient très bien réussir.

Elles sont toutes là, affalées sur des chaises, sauf Clara, qui se tient debout avec l'air de ne pas savoir quoi faire de son corps. Je me sens complètement à part, avec mon énergie à déplacer des montagnes. Clara prend les choses en main :

— Bon, on y va ?

Chacune se réchauffe n'importe comment, puis les problèmes commencent.

C'est toujours la même chose. Dès qu'il s'agit de travailler en équipe, de monter une chorégraphie collective, le groupe entier semble atteint d'une paralysie du cerveau. Je danse avec ces filles-là depuis des années, mais on dirait qu'elles sont toujours gênées de se laisser aller, d'inventer des mouvements. Chaque fois, j'ai l'impression de devoir tirer, pousser, insister… tout ça pour pas grand-chose, parce que finalement, c'est toujours moi qui trouve les enchaînements.

Aujourd'hui, je ne sais pas si c'est pire que d'habitude ou si c'est moi qui suis moins patiente, mais je finis par exploser.

— Écoutez, les filles, on n'arrivera jamais à rien si on continue comme ça ! Tout le monde est là à attendre que quelqu'un fasse quelque chose. On perd notre temps ! Forcez-vous ! Vous êtes capables d'inventer des bouts de chorégraphies, depuis le temps que vous suivez des cours !

— Ça n'a rien à voir. L'inspiration, le talent, l'imagination, ça ne s'apprend pas dans les cours.

Ça, c'était Clara. Clara Dubé, ma meilleure amie, ma confidente, mon soutien moral… et parfois physique, quand j'ai besoin d'une épaule sur laquelle pleurer. Clara qui vient de me poignarder dans le dos ! Je lui lance un regard assassin et m'apprête à lui dire ce que je pense d'elle, mais elle me devance.

— Je suis désolée, Juliette ! J'ai beau essayer, je n'arrive jamais à trouver quelque chose de beau. Toi, tu peux prendre n'importe quelle musique et faire une chorégraphie géniale avec, mais tout le monde n'est pas comme toi.

— C'est toi la meilleure, Julie. C'est pour ça qu'on se fie à toi, ajoute Sarah, une grande blonde qui a l'allure d'un mannequin.

Au tour d'Élise, une petite brune aux cheveux courts, de mettre son grain de sel :

— Tu devrais les monter, toi, les chorégraphies. On gagnerait du temps et de l'énergie, et on serait sûres d'avoir quelque chose de bon.

Tout le monde renchérit. Pour une fois qu'elles sont d'accord sur quelque chose, je me sens presque mal à l'aise de répondre que ça ne m'intéresse pas.

— Non merci. Je n'ai pas envie de jouer au professeur. Vous allez finir par dire que je me prends pour une autre.

— Voyons, Julie, on te connaît !

— En plus, vous allez passer votre temps à dire que vous n'aimez pas ce que je fais.

— On aime toujours ce que tu fais. Chaque fois, on finit par prendre tes idées !

— Oui, mais…

Clara coupe court à mes objections.

— Pas de mais, Juliette. Arrête de protester deux secondes et demande-toi juste si ça te tente.

Elle me connaît. Trop bien, des fois. Je vais peut-être trouver la responsabilité trop lourde, je vais peut-être regretter d'avoir accepté, mais en regardant ces danseuses devant moi, en pensant à l'histoire et à la musique de Pascal, je sens que c'est une chance que je ne peux pas laisser passer.

Je souris à mon amie.

— Tu m'en dois une, Clara Dubé. C'est d'accord, je vais les faire, les chorégraphies.

Deux heures plus tard, j'arrive chez moi crevée mais euphorique. Je n'aurais jamais cru qu'il pouvait y avoir autant d'idées dans ma petite tête. Les filles adorent ma chorégraphie. Moi aussi, et selon Clara, Pascal n'en croira pas ses yeux. Pourtant, Dieu sait que ça en prend pour l'impressionner.

Je suis dans la cuisine, plantée devant le four à micro-ondes, à attendre que mon spaghetti soit chaud, quand ma mère vient me retrouver.

— Alors, la répétition ?

— Super. J'ai été nommée chorégraphe officielle et je crois que je vais aimer ça.

— Félicitations ! En passant, Daniel a appelé.

« En passant » ! Elle a de drôles d'expressions, ma mère ! Comme si l'appel de Daniel était un détail insignifiant !

Je la regarde et demande :

— Tu ne l'aimes pas beaucoup, hein ?

Elle soupire.

— Non, je ne l'aime pas beaucoup.

— Pourquoi ?

— Premièrement, il est trop vieux pour toi.

Ça alors !

— Maman, franchement ! Il a vingt-quatre ans, pas soixante !

Elle continue comme si je n'avais rien dit.

— Deuxièmement, je ne lui fais pas confiance.

Elle m'énerve, ma mère, des fois !

— Tu ne le connais même pas !

— Justement. On dirait qu'il s'arrange pour que je ne le connaisse pas. Aussitôt que j'arrive, il part.

— Peut-être parce qu'il sent que tu ne l'aimes pas, justement. Tu ne lui parles jamais, tu ne lui as jamais laissé une chance. Tu pourrais faire un effort !

Comme elle ne dit rien, je m'empare de mon spaghetti, referme la porte du micro-ondes en faisant le plus de bruit possible et passe devant elle sans la regarder pour aller m'asseoir à table. Si madame croit qu'elle peut choisir qui j'aime… Elle va voir que sa petite fille peut se transformer en tigresse si elle essaie de lui mettre des bâtons dans les roues.

— Tu ne veux pas savoir ce qu'il a laissé comme message ?

Si elle pense qu'elle va m'avoir en faisant semblant de s'intéresser à mes histoires…

— Non merci, je vais l'appeler tantôt.

— Il ne sera pas là. C'est ça, le message. Il va travailler tard, ce soir, pour finir tôt, demain, et venir passer la fin de semaine avec toi.

J'en avale de travers. Daniel sera ici demain ! Après la répétition d'aujourd'hui, c'est la cerise sur le gâteau. Je jubile en silence. Pas facile de manger quand on a le sourire fendu jusqu'aux oreilles…

Ma mère soupire puis s'en va. Je crois qu'elle n'a jamais tant soupiré que depuis le jour où Daniel est apparu dans ma vie.

▲ ▼ ▲

Si ma mère n'a jamais tant soupiré, moi, je n'ai jamais tant attendu. Je suis d'un naturel patient, mais j'aurai bientôt atteint mes limites. Il est presque vingt et une heures et je n'ai toujours pas de nouvelles de Daniel. Au moment où je mets mes souliers pour aller attendre au bout de la rue, le téléphone sonne. Je me précipite.

— Allô !

— Salut, Julie.

C'est lui. Aussi calme que je suis à bout de nerfs.

— Tu m'appelles d'où, là ?

— Je suis chez ma mère. J'ai pensé qu'il était trop tard pour passer chez toi.

Autrement dit, il a pensé que mes parents ne le recevraient pas à bras ouverts à cette heure-là, encore moins que d'habitude, et il a tout à fait raison. Mon père regarde la télé, ma mère lit un roman, mais je sais bien qu'ils restent au salon pour nous surveiller. Ils vont avoir une mauvaise surprise !

Je murmure à Daniel :

— Ne bouge pas, j'arrive.

Puis je raccroche et lance à mes parents :

— Je sors. Je ne rentrerai pas tard.

À ma mère qui me demande où je vais, je réponds « Chez Daniel » et je ferme la porte avant qu'elle n'ait le temps de protester.

Enfin, je respire, je me sens libre… Avec maman qui joue les chaperons et papa qui semble vouloir s'y mettre aussi, la maison commence à devenir étouffante. Heureusement que Daniel a appelé. J'avais besoin de prendre l'air.

Je cours tout le long du trajet. Il m'attend, assis dans les marches de l'escalier, toujours aussi beau, toujours aussi irrésistible. Je lui tombe dans les bras.

— Je suis tellement contente que tu sois là… Mais je ne m'attendais pas à te voir cette fin de semaine. Est-ce que tu avais une raison spéciale de venir ?

Il sourit. Je serais prête à lui promettre n'importe quoi.

— Oui, toi. Tu me manquais trop.

Comme bonne raison, on fait difficilement mieux.

J'ai beau me sentir parfaitement bien dans ses bras, on ne peut quand même pas rester plantés là, dans l'escalier. Je suggère à Daniel d'aller marcher un peu, et nous partons main dans la main, comme de vrais amoureux.

Pourquoi ai-je toujours l'impression qu'il ne s'agit que d'une façade ?

▲ ▼ ▲

Je me lève tôt, le lendemain matin, pressée de retrouver Daniel. Je ne suis pas une lève-tard, mais quand il est dans le coin, je bats tous les records. Debout à sept heures, un samedi matin, nuageux en plus, il faut quand même avouer que j'ai du mérite !

Ma mère est déjà assise à la table de la cuisine avec son café et ses sempiternelles tartines à la confiture de fraises. Je me demande comment elle fait pour manger la même chose tous les matins. Je me sers un bol de céréales en me préparant mentalement à un interrogatoire. À peine deux secondes plus tard, elle commence :

— Daniel va bien ?

— Oui.

— Vous avez prévu quelque chose pour aujourd'hui ?

— Plus ou moins. Je vais aller le rejoindre tantôt, mais j'ai ma répétition avec les filles de la comédie musicale cet après-midi.

— Tu aimerais qu'on l'invite à souper ?

Du coup, je renverse le lait à côté de mon bol. Je m'attendais à ce que maman me tombe dessus avec un paquet de reproches pour m'être enfuie comme une voleuse, hier soir, et elle me demande si je veux que Daniel vienne souper ! En essuyant la flaque de lait, je réponds :

— Non, sa mère a déjà prévu quelque chose pour ce soir, alors je mangerai là-bas.

J'hésite une seconde, puis ajoute :

— Ça ne te dérange pas ?

Si elle est prête à faire un effort, je peux bien en faire aussi.

Elle sourit.

— Non, ça ne me dérange pas.

▲ ▼ ▲

J'ai passé l'avant-midi avec Daniel et l'après-midi à répéter avec les filles. Je ne sais pas si c'est dû à la présence de mon amoureux, mais je me sens très inspirée aujourd'hui. Nous avons presque fini la chorégraphie d'ouverture.

En semaine, nous répétons dans une salle de classe ; aujourd'hui, c'est le sous-sol de ma maison qui nous sert de studio de danse. On dirait que mes parents ont fait bâtir la maison en pensant que leur fille unique y danserait, un jour. Le sous-sol est immense. Même à neuf danseuses, c'est à peine si on s'écrase un orteil de temps en temps.

J'ai chaud, je suis fatiguée, je tuerais pour une bonne douche, et pourtant, je n'ai pas envie que la répétition se termine. Je sens que j'aurais encore plein d'idées pour commencer une autre chorégraphie, là, tout de suite ! Mais je vois bien que mes amies n'en peuvent plus. Je lance donc :

— Bon, on la fait une dernière fois et après, on arrête.

Au même moment, Pascal apparaît au bas de l'escalier. C'est drôle, tout à coup, Clara n'a plus du tout l'air fatigué. En fait, toutes les danseuses semblent avoir un regain d'énergie. Pascal est peut-être moins despotique que l'an dernier, mais il reste un metteur en scène plutôt impressionnant.

— Salut, les filles. J'avais trop hâte de voir votre chorégraphie, alors j'ai décidé de passer.

Le doigt sur le bouton *Play*, je réplique :

— Tu as bien fait. Moi aussi, j'avais hâte que tu la vois. Et tu arrives juste à temps, on achevait.

Pascal s'assoit dans les marches, nous prenons position et la musique commence. Juste après le premier couplet, je jette un coup d'œil à Pascal. Il a son air concentré des grands jours. Impossible de savoir s'il aime ce qu'il voit ou non.

À la fin du premier refrain, des pas se font entendre dans l'escalier. Je m'attends à voir ma mère, mais c'est Daniel qui se montre. Nous arrêtons de danser. L'effet qu'a Daniel sur les autres filles me fascine toujours. Elles le regardent avec un air admiratif et béat, même celles qui ne sont pas célibataires — sauf Clara, bien sûr. Je n'ai pas à critiquer, j'avais probablement la même expression le jour où je l'ai vu pour la première fois.

J'arrête la musique.

— Les filles, je vous présente Daniel.

Elles semblent tomber des nues. Je leur ai souvent parlé de Daniel, je leur ai dit qu'il était le plus beau gars qu'elles pouvaient imaginer, mais apparemment, je n'avais pas donné assez de détails. Ou alors, elles ne m'avaient pas crue.

Daniel me regarde. Tout à coup, on dirait que nous sommes seuls dans la pièce.

— J'ai pensé que je pourrais venir te rejoindre ici et qu'on partirait ensemble. J'espère que je ne vous dérange pas.

— Pas du tout. Tu as eu une très bonne idée.

Il me montre alors son appareil photo.

— Je pourrais prendre quelques photos, si tu es d'accord.

Je hausse une épaule.

— Comme tu veux.

Pascal n'a pas regardé son frère une seule fois.

▲ ▼ ▲

Le souper ne s'est pas trop mal déroulé, même si Pascal a soigneusement évité de dire le moindre mot à Daniel. Assise sur le lit de mon photographe préféré, je feuillette un autre de ses albums, distraite par sa main qui caresse mon dos, et surtout par la question qui me trotte dans la tête.

— Daniel…

— Oui ?

— Pourquoi Pascal te déteste autant ?

Il soupire.

— Je n'en ai aucune idée.

Je l'observe attentivement. Il semble sincère.

— Tu ne le lui as jamais demandé ?

— Non. Premièrement, je ne suis pas sûr qu'il me le dirait. Deuxièmement, je ne tiens pas plus que ça à le savoir. Ça arrive tout le temps, que quelqu'un déteste son frère ou sa sœur.

— Oui, mais pas à ce point-là… Et je n'ai pas l'impression que c'est à cause de Philippe.

— Non, ça fait des années qu'il ne me parle plus. En tout cas, si jamais tu découvres pourquoi, tu me le feras savoir.

Daniel glisse sa main sur ma taille et m'attire à lui. J'oublie aussitôt Pascal pour me concentrer sur des choses beaucoup plus importantes.

▲ ▼ ▲

Avant, je pensais qu'il n'y avait rien de pire qu'un dimanche après-midi pluvieux, l'automne, quand on n'a rien à faire. J'avais tort. Le pire, c'est un dimanche après-midi pluvieux, l'automne, quand le gars qui nous fait vibrer vient de repartir, quand on sait qu'on ne le reverra pas avant plusieurs longues semaines et qu'on ne comprend rien au devoir de maths qu'il faut terminer pour le lendemain. Si je m'écoutais, je passerais le reste de la journée dans ma chambre à brailler comme une Madeleine. Je déteste quand Daniel s'en va. Je ne suis plus moi-même. On dirait qu'une autre Julie prend ma place, une Julie dépressive et sans énergie que je n'aime pas du tout.

Je décide d'appeler Clara au secours, encore une fois.

Elle répond à la première sonnerie. C'est à croire qu'elle a senti ma détresse.

— Clara, j'ai absolument besoin que tu viennes. Je ne comprends rien au devoir de maths.

— J'imagine que ça n'a rien à voir avec Daniel…

— Tu sais bien que TOUT a à voir avec Daniel. Alors, tu viens ?

— Je pars tout de suite.

Elle arrive dix minutes plus tard. Aussitôt entrée, elle me serre dans ses bras.

— Ce n'est quand même pas si terrible, l'Action de grâces est dans deux semaines. Il va sûrement venir pour le long congé !

On dirait que Clara trouve toujours les bons gestes, les bons mots… mais pas cette fois. Ses bras me font du bien mais ses paroles me donnent envie de hurler.

— Non, il ne pourra pas venir. Il a un contrat à Trois-Rivières.

Elle fronce les sourcils.

— Il travaille la fin de semaine ? Et pendant un congé, en plus ?

— Ça arrive, oui. En tout cas, ça va arriver cette fin de semaine-là !

Je sais que je parais sur la défensive, que j'ai répondu d'un ton trop agressif, mais je ne supporte pas l'air suspicieux de Clara. Il y a plein de gens qui travaillent la fin de semaine, pourquoi pas Daniel ? Et les artistes, ce ne sont pas des gens comme les autres, alors, rien de surprenant à ce qu'ils n'aient pas les mêmes congés ! S'il a décroché un contrat pendant l'Action de grâces, tant mieux pour lui !

Et tant pis pour moi. Parce que malgré mon acharnement à vouloir lui trouver des excuses, je trouve cette histoire plutôt louche, moi aussi.

Chapitre 7

Daniel ne sait pas quand il pourra revenir me voir et moi, je ne sais pas combien de temps je pourrai encore tenir. Sa fin de semaine surprise a réveillé mes sens et j'ai une difficulté incroyable à me concentrer durant mes cours. Clara me pince de temps en temps, sinon, je coulerais tous mes examens.

Heureusement qu'il y a la comédie musicale et mes cours de ballet. Et Louis, mon professeur de ballet-jazz. Hier, il m'a remis un dépliant concernant un stage à l'Académie K-Danse, à Québec, prévu pour la fin d'octobre. Un stage à Québec... en danse... dans trois semaines ! Je lui aurais sauté au cou. Il s'est excusé de ne pas me l'avoir donné plus tôt, m'a dit que ça lui était complètement sorti de la tête et qu'il espérait qu'il y ait encore de la place.

Aujourd'hui, après l'école, j'ai téléphoné. Il y a encore de la place.

À la répétition de la comédie musicale, j'avais l'air d'une puce hyperactive. Pascal a passé une heure et demie à crier « Julie, concentre-toi ! » Même Clara semblait me trouver insupportable. J'avais du mal à m'endurer moi-même, alors…

Il me reste une chose à faire et ce ne sera pas la plus facile : convaincre mes parents de me laisser y aller.

Pour tout ce qui est danse, ils ne disent jamais non. Ma mère aurait pu devenir danseuse professionnelle, mais elle a dû abandonner son rêve après un accident d'auto. Elle était tellement mal en point qu'elle a je ne sais pas combien de plaques et de vis dans la jambe gauche. J'ai vu des bandes vidéo d'elle à mon âge : elle était superbe. Bien meilleure que moi. Elle ne parle pas souvent de sa vie avant l'accident. Je crois que ça lui fait encore trop mal.

Mon père est toujours d'accord aussi. Il dit que le talent, il ne faut pas gaspiller ça. Il a beaucoup de respect pour les gens qui persévèrent, qui cherchent continuellement à s'améliorer. Et un stage, c'est la meilleure façon de s'améliorer, non ?

Alors, ils ne me refuseront pas le stage, c'est sûr, d'autant plus qu'il a lieu pendant une fin de semaine. Le problème, c'est Daniel. Ou plutôt, le fait que Daniel habite Québec…

Pour une fois, nous soupons tous en même temps. C'est un événement tellement rare que déjà, tout le monde s'assoit à table avec un grand sourire. J'ai beau aimer mon indépendance, manger toute seule, ça finit par devenir ennuyeux.

J'avale une bouchée, puis je plonge.

— Louis m'a parlé d'un stage en danse. C'est dans quinze jours et ça dure une fin de semaine. J'aimerais beaucoup y aller.

Mon père demande :

— C'est où ?

J'ai envie de baisser les yeux vers mon assiette, mais je me force à le regarder en face.

— À l'Académie K-Danse. À Québec.

Mes parents échangent un regard qui n'a rien de subtil, puis mon père me dévisage.

— Et tu as l'intention de loger où ?

Voilà, on entre dans le vif du sujet. C'est le temps de te montrer convaincante, ma Julie ! Je prends le temps d'avaler une bouchée avant de répondre :

— Je pourrais aller chez Daniel, ce serait moins compliqué…

Ma mère ouvre la bouche, mais je ne la laisse pas prononcer un mot.

— … ou je pourrais demander à Marilyne.

Marilyne, c'est ma cousine préférée. Elle a beau avoir trois ans de plus que moi, nous nous sommes toujours senties proches l'une de l'autre. Depuis qu'elle a quitté le village pour aller faire sa technique en soins infirmiers au cégep, je ne la vois pas souvent, mais je sais qu'elle me recevrait à bras ouverts.

Ma mère a refermé la bouche et me regarde d'un drôle d'air, comme si elle croyait que je lui cache quelque chose. J'ai envie de hurler. Je veux aller à Québec pour danser, ce n'est pas tellement difficile à comprendre ! Évidemment, je vais faire mon possible pour voir Daniel, mais je n'ai pas l'intention de passer mes journées au lit avec lui, quand même ! Pourquoi est-ce que ma mère panique comme ça ?

Papa reprend la parole avant que j'explose.

— Tu n'as pas parlé à Marilyne depuis Noël de l'an dernier. Ça fait presque un an.

— Et alors ? Chaque fois qu'on se retrouve, c'est comme si on s'était quittées la veille. Elle va dire oui, c'est sûr.

Mon père jette un autre coup d'œil à ma mère.

— Commence par téléphoner à Marilyne. Si elle est prête à t'héberger, tu pourras y aller, à ton stage.

Je voulais deux choses : la danse et Daniel. Ils m'en accordent une. Je les remercie quand même, en essayant de sourire d'un air convaincant.

▲ ▼ ▲

C'est réglé. J'irai danser, j'irai dormir chez Marilyne... et je ne verrai pas Daniel.

J'ai pleuré un bon coup quand il m'a dit qu'il ne serait pas à Québec cette fin de semaine-là. Encore du travail à Trois-Rivières... Il paraît qu'il travaille très tard, le soir, et qu'il doit absolument coucher là-bas. Je commence à le trouver vraiment louche, ce fameux contrat. Je m'en veux de ne pas faire plus confiance à mon amoureux, mais je ne peux pas m'empêcher d'imaginer toutes sortes d'histoires.

De toute façon, je n'aurais pas passé la nuit avec lui. Si Marilyne a la gentillesse de m'accepter chez elle, je n'irai pas lui causer de problèmes en lui faussant compagnie. Des plans pour que mes parents l'accusent de complicité…

Le seul point positif dans tout ça, c'est que mon père et ma mère sont maintenant enchantés que j'aille faire ce stage. Ce n'est pas une grosse consolation, mais il faut se contenter de ce qu'on a.

Après mon coup de fil à Daniel, j'ai ressenti un immense besoin de parler à Clara, de passer un moment entre filles et de me faire remonter le moral par ma meilleure amie. Ces temps-ci, j'ai l'impression de lui téléphoner seulement quand j'ai des problèmes. Je me sens coupable, mais elle n'a pas l'air de s'en formaliser, d'autant plus qu'elle passe à peu près tout le reste de son temps avec Pascal.

Me voici donc assise en tailleur sur son lit, à l'écouter parler de sa dernière obsession : sa robe de bal.

— J'aurais envie d'une robe rouge, mais le bleu foncé me va bien aussi… Qu'est-ce que tu en penses ?

Je hausse les épaules.

— Pas grand-chose. Je n'ai même pas commencé à penser au genre de robe que j'aimerais. Et je n'en reviens pas que tu mettes autant d'énergie et de temps sur le bal des finissants. Tu es ici depuis un an et demi à peine et tu tiens à ton bal plus que moi ! Moi, je m'en fiche complètement et, pourtant, je vis avec ces gens-là depuis la maternelle. En fait, je m'en passerais bien, de cette soirée. C'est un paquet de problèmes pour pas grand-chose.

Clara prend un air scandalisé, et cette fois, je sais qu'elle ne joue pas la comédie.

— Voyons, Julie, tu ne penses pas ce que tu dis !

— Et comment que je pense ce que je dis ! Regarde-toi aller ! Tu vas en faire une maladie, tellement tu stresses pour ton fameux bal !

Elle reste silencieuse plusieurs secondes, comme si son cerveau refusait de comprendre mes paroles. Puis elle reprend :

— Tu veux savoir pourquoi j'y tiens tellement, au bal ?

— J'aimerais beaucoup, oui.

— Depuis que je suis toute petite, je rêve d'avoir une belle robe longue, de me faire coiffer comme une vedette de cinéma et de passer la soirée au bras d'un prince charmant.

J'aurais dû me douter que Pascal y était pour quelque chose.

— J'ai déjà le prince charmant et c'est quand même ce qu'il y a de plus difficile à trouver. En plus, j'ai une occasion de le voir en habit, tu penses que je vais laisser passer ça ?

J'en avale de travers.

— Voyons, Clara, Pascal ne portera jamais un habit ! Tu l'imagines, en veston-cravate ?

— Oh oui, très bien !

— Il ne voudra jamais.

Elle hausse une épaule.

— On verra. D'accord, pour la cravate, ce sera peut-être difficile de le convaincre, mais pour le veston, je devrais réussir... Daniel, lui, il va s'habiller comment ?

La question me prend par surprise, mais je retombe vite sur mes pieds.

— Je n'ai pas commencé à penser à ce que j'allais porter moi-même, penses-tu que je m'inquiète du costume de Daniel ?

Clara me connaît bien. Elle sait que quand je m'énerve, c'est parce que je cache quelque chose. Elle croise les bras en me regardant d'un air accusateur.

— Je gagerais que tu ne lui en as même pas parlé.

Elle me tape sur les nerfs, la Clara…

— J'ai déjà assez de ma mère et de ses sermons, tu ne vas quand même pas t'y mettre toi aussi !

— Je ne te fais pas un sermon… enfin, presque pas.

Son sourire est contagieux. Ma mauvaise humeur s'envole et j'éclate de rire. Plus sérieusement, j'ajoute :

— Je ne lui en ai pas parlé parce que je ne sais même pas s'il sera encore dans le décor à ce moment-là. Daniel ne m'a jamais fait de promesses, il ne m'en fera jamais et je me suis faite à l'idée.

Si je me suis si bien « faite à l'idée », pourquoi est-ce que j'ai une boule dans la gorge ?

Pour une fois, Clara ne remarque rien.

— Je ne sais pas comment tu fais. Daniel et toi, on dirait que vous ne voyez jamais plus loin que la fin de la semaine.

Ça ressemble à un reproche…

— Ce n'est pas tellement différent de Pascal et toi, non ? Quand tu lui as dit que tu ne pouvais pas garantir que tu l'aimerais toujours…

Clara ne m'a pas raconté tous les détails de la fameuse lettre, mais elle m'en a révélé certains, comme celui-là.

— D'accord, je lui ai dit que je ne pouvais pas faire de promesse à long terme, mais ça ne m'empêche pas de penser que je vais l'aimer encore longtemps. Et on fait des projets, nous.

J'envie mon amie. Entre elle et son amoureux, tout est clair, simple et beau. Je suis certaine qu'ils ne se sentent jamais mal à l'aise l'un avec l'autre. Pas comme moi avec Daniel.

Juste comme c'était avec Philippe…

J'ai beau me répéter que je ne regretterai jamais ce que j'ai fait, que j'ai pris la meilleure décision possible étant donné les circonstances, il y a des moments où le souvenir de Philippe me rentre dedans sans prévenir. Et ça fait mal.

Sans réfléchir, je lance :

— Il y a des jours où je m'ennuie de Philippe.

Je regrette aussitôt mes paroles. J'ai l'impression d'avoir trahi Daniel. En plus, Clara va sûrement reprendre ses airs de mère supérieure et me servir un discours du genre « Je te l'avais bien dit ». Mais non, elle demande plutôt d'un ton compatissant :

— Tu veux en parler ?

C'est encore pire. Si elle m'avait attaquée, j'aurais pu répliquer, piquer une colère, crier… Tandis que là…

— Non, pas maintenant. Parle-moi plutôt de… de ma robe de bal, tiens. Qu'est-ce que je devrais mettre ?

Je vois bien qu'elle aimerait s'étendre davantage sur le sujet Philippe, mais en bonne amie qu'elle est, elle fait un effort pour essayer de me changer les idées.

— Si j'étais toi, Juliette, je porterais quelque chose de moulant. Tu as un corps de déesse, montre-le !

Je reste bouche bée quelques secondes.

— Un corps de déesse ! Tu ne trouves pas que tu y vas un peu fort ?

— Pas du tout. As-tu idée du nombre de filles qui paieraient une fortune pour te ressembler ?

— Arrête. Tu es bien plus belle que moi.
Au moins, tu as une poitrine, toi. Moi, je suis
plate comme une galette.

— Tu exagères. De toute façon, il y a des
gars qui aiment ça, les petites poitrines. Ça
n'a pas l'air de déranger Daniel, non ?

Non, ça ne le dérange pas, au contraire.
Mais je n'ai pas plus envie de parler de lui que
de Philippe. Heureusement, Clara poursuit
sans me donner le temps de lui répondre :

— Moi, j'échangerais ma poitrine contre
tes jambes n'importe quand.

Je jette un coup d'œil à mes jambes. Je ne
vois pas ce qu'elle leur trouve d'extraordinaire. Je m'étends sur le ventre.

— Si on pouvait échanger des morceaux,
on n'en finirait plus. Et on ne serait pas plus
heureux à la fin. Tu as des modèles de robes
à me proposer ?

Elle se lève d'un bond, s'empare d'une
pile de magazines et répond en souriant de
toutes ses dents :

— Je commençais à croire que tu ne le
demanderais jamais.

Chapitre 8

Je reste plantée sur le trottoir, les yeux rivés sur la porte, mes jambes refusant d'avancer. Même la pluie qui me tombe dessus depuis cinq minutes ne réussit pas à me faire bouger. M'y voilà, à ce fameux stage. Depuis deux semaines, j'en rêve jour et nuit. Maintenant que je me trouve enfin devant le bâtiment abritant l'Académie K-Danse, je n'ai plus du tout envie d'entrer. Je me sens toute petite, insignifiante et maladroite. Marilyne m'a déposée il y a quinze minutes, avant de se rendre à la bibliothèque du cégep, et je n'ai pas encore trouvé le courage de franchir le seuil. Je regarde les autres filles entrer. Elles ont toutes l'air de vraies danseuses, avec leur démarche et leur port de tête. Je sais que je n'ai pas l'air de ça. Chez nous, je suis la meilleure, mais c'est facile, nous sommes si peu nombreuses…

Je me sens comme le vilain petit canard. Un vilain petit canard mouillé, en plus !

Du vilain petit canard, j'en viens à penser à la comédie musicale de Pascal, à Léa, à Clara… À Clara qui me disait, à propos des robes de bal : « De toute façon, Juliette, tu pourrais venir habillée avec une poche de patates, tu serais quand même la plus belle. Avec ton maintien et ta façon de bouger, personne ne remarque jamais ce que tu portes. »

Je souris. Je doute qu'on me remarque ici. Et c'est tant mieux.

Cinq minutes avant le début du cours, je me décide enfin à entrer et me rends au studio où je passerai le plus clair de ma fin de semaine.

Après deux heures de cours, je comprends que j'aimerais aussi y passer le plus clair des trois prochaines années.

J'ai toujours su que je voulais danser. Depuis que j'ai six ans, je rêve de faire carrière en danse. Le problème, c'est que le rêve ne s'est jamais transformé en projet. Je croyais que je n'étais pas assez bonne, que je n'avais pas assez de formation pour atteindre un but aussi élevé. Maintenant, je me rends compte qu'il est temps d'oublier mes complexes et d'agir. Je me sens chez moi ici. Ce n'est pas un hasard si ma main a ramassé un dépliant concernant la formation professionnelle en danse. Pendant une pause, entre deux cours, je dévore l'information.

Les auditions ont lieu en mars. J'y serai, même si je devais ramper jusqu'ici.

Ma décision prise, je me sens toute légère et je danse comme je n'ai jamais dansé dans ma vie. Moi qui me sentais si peu sûre de moi au début, je suis maintenant l'une des meilleures du groupe.

▲ ▼ ▲

Après le cours, j'attends Marilyne sur le trottoir en trépignant. J'ai hâte de parler de mon projet à quelqu'un… Quand son auto s'arrête à ma hauteur, j'ouvre la portière et saute presque à l'intérieur.

— Puis, c'est comment, ton stage ?

— C'est merveilleux ! La journée a passé tellement vite ! En fait, c'est le plus beau jour de ma vie.

— Rien que ça !

— Oui, parce qu'aujourd'hui, je me suis fixé un but : je vais m'inscrire au programme de formation professionnelle en danse !

Le dire à haute voix me rend encore plus euphorique. Je raconte à Marilyne tout le déroulement du stage, presque minute par minute, puis je lui montre le dépliant, je lui parle de l'audition, je reviens sur le stage… Profitant d'un moment où je reprends mon souffle, elle lance avec un sourire :

— En passant, quelqu'un a appelé pour toi.

— Ah oui ? Qui ?

— Un certain Daniel.

Hier soir, en arrivant chez elle, je lui ai tout raconté de mes amours avec lui. D'où le sourire en coin et le ton moqueur.

Mon cœur bondit dans ma poitrine.

— Pourquoi tu ne l'as pas dit avant ?

— Parce que tu ne m'as pas laissée placer un mot ! Tu n'as pas fermé la bouche depuis que tu es assise là !

Je souris tellement que j'en ai mal aux joues.

— Il a laissé un message ?

— Il demande seulement que tu le rappelles chez lui.

Chez lui... Donc, il est à Québec ! Décidément, c'est le plus beau jour de ma vie.

Nous arrivons à l'appartement de Marilyne. En sortant de l'auto, je me jette sur ma cousine et la serre dans mes bras de toutes mes forces.

— Si tu savais comme je suis heureuse !

— Ça se voit, ma Julie. Alors, j'imagine que tu as un appel à faire... Et qu'on ne soupera pas ensemble ?

Je meurs d'envie de voir Daniel, mais je ne voudrais pas décevoir Marilyne et encore moins la compromettre aux yeux de mes parents... Je la regarde attentivement. Elle n'a l'air ni déçue ni inquiète.

— Ça ne te dérangerait pas ?

— Pas du tout, si tu me promets d'être raisonnable.

— Je te promets tout ce que tu veux.

Je me précipite sur le téléphone en mettant le pied dans l'appartement. Une sonnerie, deux sonneries... Mon Dieu, faites qu'il ne soit pas sorti. J'ai besoin de lui parler tout de suite. J'ai besoin de le voir, de le toucher, j'ai besoin de...

— Allô !

Même s'il n'avait pas été aussi beau, je crois que je serais tombée amoureuse de lui juste pour sa voix.

— Salut, c'est moi.

— Julie ! Comment ça se passe, ton stage ?

— Super bien. Et toi, pourquoi tu n'es pas à Trois-Rivières ?

— Tout a été remis à demain à cause du temps qu'il fait. C'était gris, là-bas, et on a besoin de soleil pour les photos… Mais tu ne dois pas avoir envie de connaître les détails. Tu veux qu'on aille souper ensemble ?

— Absolument.

Je lui donne l'adresse et file sous la douche.

Ce soir, j'ai envie d'être belle. Envie de me sentir féminine. Malheureusement, je n'avais pas prévu de sortir ce soir et encore moins avec Daniel. Mais c'est mon jour de chance. Marilyne, qui a à peu près la même taille que moi et qui semble lire dans mes pensées, offre de me prêter une robe absolument ravissante. Elle me va comme un gant.

Quand la sonnette d'entrée retentit, je danse jusqu'à la porte pour accueillir Daniel avec mon plus beau sourire.

Le souper a été parfait, la conversation a été parfaite, Daniel a été parfait. Je lui ai parlé de mes nouveaux projets de carrière, de mes nouveaux rêves. Il m'a écoutée, m'a encouragée et semble heureux pour moi. Je ne me suis jamais sentie aussi vivante. J'ai l'impression de pétiller comme du champagne.

En sortant du restaurant, Daniel me demande si je veux aller au cinéma. Je glisse ma main dans la sienne.

— J'adore le cinéma. Mais avant, j'aimerais voir les photos que tu as prises pendant notre répétition. Tu dois les avoir développées, non ?

Il se frappe le front.

— Oh, les photos ! J'ai complètement oublié ! Je voulais te les envoyer, mais ça m'est sorti de la tête. Évidemment, que tu peux les voir. Tu pourras même choisir celles que tu veux, je m'en ferai des doubles.

En route vers son appartement, je me rends compte que je verrai pour la première fois l'endroit où il habite. Et que nous serons seuls. Totalement, dangereusement seuls. Pas pour très longtemps, mais nous avons quand même une heure devant nous avant le film. Il peut s'en passer, des choses, en une heure…

Mon cœur se met à battre plus vite, mais je n'ai pas peur. Ce soir, j'ai l'impression d'être exactement à ma place, de dire ce qu'il faut, de faire ce qu'il faut. Je me sens sûre de moi. J'ai des ailes.

— Tu es bien silencieuse, tout à coup.

Je me tourne vers Daniel en souriant.

— Je réfléchissais.

Il stationne son auto devant un immeuble anonyme, comme ils le sont tous. Pourtant, celui-là est spécial : c'est celui de mon amoureux.

Nous parlons de tout et de rien en montant l'escalier, en ouvrant la porte, en franchissant le seuil. Puis je me tais. J'observe. Nous sommes entrés par le salon, où deux divans, un téléviseur et un énorme système de son prennent toute la place. Les murs bleus sont couverts de photos. C'est beau. Ça ressemble à Daniel.

— Tu veux visiter ?

Je le suis de pièce en pièce. Il y a des photos partout. Sur les murs, sur les tables, sur la porte du réfrigérateur… Des photos de gens, d'objets, de paysages… En couleurs, en noir et blanc… J'aurais envie de toutes les regarder, mais la tête me tourne.

Daniel a gardé sa chambre pour la fin. En temps normal, je me serais peut-être sentie piégée, mais aujourd'hui, je n'ai pas envie d'analyser, de critiquer, de m'inventer des scénarios à me faire peur. Mes histoires de grand méchant loup sont bien loin. D'ailleurs, le lit a beau prendre presque toute la place, je le vois à peine. Je ne vois que la photo.

La plus belle photo que j'aie vue de ma vie. Une photo de danseuse, une vraie danseuse, avec la sueur aux tempes, les cheveux en bataille, le dos cambré et la tête vers l'arrière… Une photo de moi.

Fascinée, je m'avance lentement.

— Je n'aurais jamais pensé que je pouvais avoir l'air de ça quand je danse.

— Parce que tu ne t'es jamais vue avec mes yeux.

J'ai l'impression de me trouver dans une bulle, toute seule avec Daniel, dans un autre univers. Entrer dans son appartement, c'est une chose. Entrer dans sa vision du monde, comprendre comment il voit son environnement, c'en est une autre.

— Tu as pris cette photo-là pendant la répétition ?

C'est à peine une question. Évidemment, qu'il l'a prise pendant la répétition.

Il est juste derrière moi, assez près pour que je sente la chaleur de son corps, mais pas assez pour me toucher. J'ai une furieuse envie qu'il me prenne dans ses bras.

— Oui. C'était la meilleure.

Il s'éloigne, prend un cartable sur son bureau de travail et me le tend. Je m'assois sur son lit et commence à tourner les pages. Toutes les photos sont en noir et blanc, et chacune est un petit chef-d'œuvre. Je suis partout. Parfois au centre, parfois en retrait, mais toujours là. Et je me trouve belle.

Je fixe longtemps la dernière page, un portrait de Clara et moi. Nous regardons toutes les deux un point invisible. Clara a la tête penchée vers moi. J'ai un grand sourire aux lèvres et les yeux brillants. Sans le regarder, je demande à Daniel :

— C'est comme ça que tu me vois ?

— Comme quoi ?

— Comme… je ne sais pas, moi… Radieuse.

Il se rapproche et, cette fois, il me touche. Je sens sa main juste à côté de ma cuisse. J'ai du mal à respirer.

— Oui, c'est comme ça que je te vois. Tu rayonnes, tu brilles. Quand tu danses, on ne voit que toi. Et quand tu ne danses pas… moi, je ne vois que toi quand même.

Je referme le cartable, le dépose lentement sur le lit. Daniel est si près que je n'aurais qu'à tourner la tête pour que nos bouches se retrouvent soudées l'une à l'autre. Et c'est exactement ce dont j'ai envie. C'est exactement ce que je fais.

Il a maintenant une main autour de ma taille et l'autre sur ma cuisse. La robe de Marilyne est beaucoup trop légère pour le mois d'octobre. Le tissu laisse passer la chaleur de Daniel. Ses mains brûlent ma peau.

— Détends-toi, Julie…

J'oublie les photos, j'oublie le cinéma, j'oublie même mes projets de danse. J'arrête de me battre, j'arrête de résister. Pourquoi est-ce que je devrais attendre encore, pourquoi est-ce que je n'écouterais pas mon corps, pour une fois ?

Les doigts de mon amoureux descendent la fermeture éclair de ma robe. Les miens défont les boutons de sa chemise. Les bras autour de son cou, je me laisse tomber sur le lit et j'arrête de penser.

▲ ▼ ▲

Une éternité ou une fraction de seconde plus tard, je reprends mon souffle, encore assommée. Je n'imaginais pas que ça se passerait comme ça la première fois. Ou n'importe quelle autre fois. Je n'imaginais pas que faire l'amour, ce serait à la fois si doux et si… sauvage. Maintenant, je comprends pourquoi tout le monde en parle.

À côté de moi, Daniel a les yeux fermés et respire lentement. Il ne peut pas s'être endormi, quand même ! Je murmure :

— Il faut que j'y aille.

Non, il ne dort pas. Il roule sur le côté et pose le front contre ma tempe.

— Tu ne veux pas dormir ici ? Avec moi ?

Si je veux ? Il me demande si je veux ? Ce que je voudrais, ce serait de rester là pour le restant de mes jours, collée contre lui, sa peau nue contre la mienne et son bras au travers de ma poitrine. C'est ça que je voudrais. Mais Marilyne a promis de veiller sur moi, elle sait que mes parents ne se gêneront pas pour l'accuser et la traiter de tous les noms si jamais ils apprennent que je n'ai pas dormi chez elle. Et je lui ai promis d'être raisonnable. Quoique, de ce côté-là, je ne suis pas certaine d'avoir tenu parole…

Je soupire.

— Je suis vraiment, vraiment désolée, mais je ne peux pas.

Il soupire à son tour.

— De toute façon, je dois partir très tôt demain matin. Viens, je vais te reconduire.

Tout le trajet jusque chez ma cousine se fait en silence. Malgré le sourire de Daniel, malgré sa main qui ne lâche pas la mienne, je me sens mal à l'aise. C'est le monde à l'envers. Tantôt, quand j'étais complètement nue dans son lit, j'aurais pu lui dire n'importe quoi. Maintenant que j'ai retrouvé mes vêtements, je n'ose plus parler.

Je croyais que faire l'amour rapprochait les gens. Décidément, je n'y connais rien.

Daniel arrête l'auto devant chez Marilyne. Dans le noir, je me sens mieux. D'ailleurs, quand il m'embrasse, je n'ai pas besoin de parler…

Au bout de quelques minutes qui me font regretter de ne pas être restée chez lui, Daniel s'écarte, prend quelque chose sur la banquette arrière et me le tend.

— Tiens, je te le donne.

C'est le cartable qui contient les photos de la répétition. J'ai l'impression de tenir un trésor entre mes mains.

— Merci. Ça me fait très plaisir.

Je l'embrasse une dernière fois, puis j'ouvre la portière.

— Bonne nuit, Julie. Rêve à moi.

— Tu peux compter là-dessus !

— Je t'appelle cette semaine. Je vais essayer d'aller te voir bientôt.

— Quand ?

Je sens que sa réponse ne me plaira pas. Je ne suis pas encore partie qu'il me manque déjà.

— Dans trois semaines, un mois… Je ne pense pas pouvoir me libérer avant.

C'est long, un mois, mais je souris bravement.

— À bientôt, alors. Et merci pour l'album.

Je sens son regard peser sur mon dos pendant que je traverse la rue, puis ouvre la porte. Je me retourne pour lui faire un geste de la main. J'aurais envie de courir jusqu'à l'auto, de lui dire que j'ai changé d'avis et de retourner chez lui. Avant de céder à la tentation, je me dépêche de refermer la porte et de monter l'escalier.

Ce n'est qu'en tournant la clé dans la serrure que je reviens sur terre. Parce que c'est à ce moment-là que je me rends compte qu'il n'a jamais été question de condom. Et que je ne prends pas la pilule.

Chapitre 9

Je ne suis plus bonne à rien. Je n'arrive pas à me concentrer sur quoi que ce soit. Mes chorégraphies stagnent, mes devoirs sont de véritables désastres et Pascal est à un cheveu de me montrer la porte quand nous répétons *L'histoire de Léa*.

J'ai peur, terriblement peur d'être enceinte, et je n'ose en parler à personne. Même pas à Clara. Et surtout pas à Daniel. Je n'ai pas envie qu'il me prenne pour une innocente qui ne connaît rien aux choses de la vie.

De toute façon, il ne m'a pas encore appelée. Il y a très exactement une semaine et deux jours que nous nous sommes quittés devant chez Marilyne, et toujours pas de nouvelles. Ça m'inquiète et ça m'insulte. D'accord, je n'ai pas envie de lui parler de mon problème, mais ça ne veut pas dire que je n'ai pas envie de lui parler tout court… Et lui, pourquoi se désintéresse-t-il de moi, tout à coup ? Parce qu'il a eu ce qu'il voulait ? Je ne sais plus quoi penser. Je me sens comme la dernière des imbéciles.

Le mois de novembre m'a toujours semblé pénible, mais cette année, je le trouve carrément sinistre. J'ai l'impression qu'il fait toujours mauvais, et pas besoin d'un doctorat en psychologie pour savoir que ça vient de ma tête.

Ce soir, après une répétition particulièrement désastreuse, je me retrouve assise à la table de la cuisine chez Clara, devant mon manuel de maths. Je déteste les maths, j'ai toujours détesté les maths, et ça ne changera jamais. Je ne suis pas faite pour les chiffres. Je suis faite pour danser, même si ça ne paraissait pas ce soir. Pascal nous a fait répéter nos duos, à Clara et moi, et il a fini par partir en claquant la porte. Personne ne l'avait jamais vu comme ça.

Mon amie me tire de mes pensées.

— Juliette, vas-tu me dire ce qui ne va pas ?

Ce n'est pas la première fois qu'elle me pose la question. Je ne lui ai jamais répondu et je n'ai pas l'intention de le faire ce soir non plus.

— On a un devoir de maths à faire, tu te rappelles ?

Elle pose sa main sur la mienne et dit doucement :

— Julie… Premièrement, ça ne prend pas un génie pour voir que tu n'as pas la tête à faire des maths. Deuxièmement, c'est difficile de résoudre un problème d'algèbre quand on a les yeux pleins d'eau.

Elle a raison, j'ai les yeux complètement noyés. Je regarde sa main sur la mienne. J'ai tellement, tellement envie de me confier… Une larme s'échappe. Je n'arrive plus à parler. Clara se lève et me tire par la main.

— Viens, on sera plus tranquilles dans ma chambre.

Je capitule.

À peine assise sur son lit, je raconte tout : le souper, les photos, le tourbillon qui m'a fait perdre la tête, Daniel qui croyait sûrement que je prenais la pilule, moi qui n'ai pas pensé une seconde à lui demander d'utiliser un condom, le fait que je n'ai plus de nouvelles de lui et ma crainte terrifiante, paralysante, d'être enceinte.

Enceinte. En disant ce mot, j'éclate en sanglots.

— J'ai tellement peur, Clara, tellement peur…

— Attends une seconde, tu veux ? As-tu vérifié les dates, pour savoir si tu étais dans une période à risque ?

— Je suis poche dans tout ce qui ressemble à des sciences, tu le sais…

— C'était quand, tes dernières menstruations ?

Je lui donne la date. Elle ne bouge pas, ne dit rien, mais je la vois pâlir. Moi qui avais encore un petit espoir de l'entendre dire que je m'étais fait peur pour rien, son silence me torture.

— Je suis sûre que je suis enceinte. Je gagerais n'importe quoi là-dessus. Je n'en dors plus la nuit.

— Écoute, tu n'as pas de preuves…

— Ma mère m'a déjà dit que, quand elle est devenue enceinte de moi, elle était tout le temps fatiguée et elle avait mal au cœur. Depuis que je suis revenue de Québec, je suis fatiguée et j'ai mal au cœur. Un plus un, ça fait deux.

— Tu viens de me dire que tu ne dors pas la nuit. C'est assez pour être fatiguée !

— Et le mal de cœur ?

— Quand je suis vraiment très fatiguée, j'ai toujours l'estomac à l'envers. Quand je suis stressée aussi. Et tu pourrais difficilement être plus stressée, non ?

Enfin, enfin ! Une lumière au bout du tunnel, une lueur d'espoir ! J'ai encore peur, mais au moins, je sais qu'il y a une chance pour que tout ça ne soit qu'un mauvais rêve. Un peu rassurée, je murmure :

— J'en veux, des enfants. Mais pas tout de suite. Pas comme ça. Pas avant d'être devenue une vraie danseuse.

Je me rends compte que je n'ai pas encore parlé à Clara de mon projet de carrière. En fait, depuis une semaine et demie, je ne lui ai pas parlé de grand-chose. Elle m'écoute, les yeux grand ouverts, aussi excitée que moi.

— C'est super, Julie ! Je suis tellement contente pour toi !

— Il me reste encore à passer les auditions. Et si j'ai un bébé qui me pousse dans le ventre…

Je frissonne. Clara ne dit rien. Je sens la peur revenir. La peur, et autre chose… quelque chose qui ressemble à de la honte. Je baisse les yeux et murmure :

— Tu peux le dire, tu sais.

— Dire quoi ?

— Que tu le savais que ce gars-là serait un paquet de troubles, que tu l'avais prédit dès le départ, que tu ne lui as jamais fait confiance. Ou tu peux me dire aussi que j'aurais pu penser avec ma tête, que j'aurais dû faire attention, que je suis plus intelligente que ça…

Encore une fois, Clara prend mes mains dans les siennes. Encore une fois, je sens mes yeux se mouiller.

— Je n'ai pas envie de te dire ça. Je ne le pense même pas. Tu n'as pas besoin que je te fasse un sermon, tu n'as pas besoin que je te tape dessus. Tu as besoin d'une amie, et je suis là.

Quand je pense que je la croyais trop occupée avec sa robe de bal, sa comédie musicale et Pascal pour se préoccuper de moi… Je me sens toute petite. Elle ne m'accuse de rien, mais je me sens quand même obligée de me justifier.

— C'est vrai que j'aurais dû faire attention, mais ce n'était pas planifié. Daniel n'était même pas supposé être à Québec et on devait aller au cinéma, pas rester chez lui…

— Julie, Julie, arrête. Je pense qu'il y a quelque chose que tu n'as pas compris.

Intriguée, j'essuie une dernière larme en dévisageant mon amie, qui continue :

— On ne peut pas toujours tout planifier. Arrête de croire que tu peux tout contrôler, que tu peux décider de chaque geste à l'avance, que les choses vont toujours se passer comme tu le voudrais. Ça ne marche pas comme ça.

J'en perds la voix. Je ne m'étais jamais vue comme une fille contrôlante, mais maintenant que Clara le dit, ça me ressemble assez.

Elle me serre dans ses bras.

— Je sais que c'est facile à dire, mais attends encore quelques jours avant de t'inquiéter. Si tu n'as pas encore eu tes règles dans une semaine, on verra…

Une semaine… Autant dire une éternité. Mais avec sa façon de dire « on verra », comme si elle prenait une partie de mon problème sur ses épaules, je me sens moins seule.

▲ ▼ ▲

Clara a réussi à me redonner espoir pendant quelques minutes, mais ça n'a pas duré. Il y a deux semaines que je lui ai confié mon problème, mais je ne dors pas plus, je ne mange pas plus et je ne réussis pas plus à me concentrer. À bout de nerfs, Pascal a même décidé de m'exclure des répétitions pour un bout de temps. J'entends encore Clara lui crier après :

— Elle a des problèmes personnels, tu pourrais te montrer plus compréhensif !

Elle bouillait. Je ne l'avais jamais vue aussi fâchée contre son grand amour. Pascal n'a pas crié, mais avec son regard dur et sa voix glaciale, je crois que c'était encore pire.

— Si elle a des problèmes, qu'elle les règle. Elle reviendra quand elle sera prête.

Je suis partie avec le cœur en morceaux. Clara, elle, est sortie en claquant la porte.

Le lendemain, Pascal est venu me voir pour me dire qu'il n'avait pas fait ça pour me punir, mais pour éviter de perdre du temps. Il m'a affirmé qu'il avait hâte que je revienne et qu'il espérait que les choses s'arrangeraient pour moi. Si j'avais moins bien connu Clara, j'aurais pu croire qu'elle lui avait raconté mon histoire. Mais je sais qu'elle ne trahirait jamais un secret. De toute façon, je suis certaine qu'elle n'a pas reparlé à Pascal du reste de la journée. Évidemment, elle n'a pas pu se passer de lui longtemps. Le lendemain de leur querelle, après l'école, ils sont partis main dans la main pendant que je traînais derrière. Et quand je l'ai revue au cours de ballet, Clara avait retrouvé son sourire.

Je ne sais pas si ça m'aurait beaucoup dérangée que Pascal soit au courant. Je suis fatiguée de porter ce secret-là toute seule, ou presque. C'est lourd, un doute pareil.

À la maison, ma mère me jette des coups d'œil inquiets quand elle croit que je ne la vois pas. Deux ou trois fois, j'ai failli lui avouer ce que j'ai sur le cœur, mais je me suis retenue. J'ai fait une erreur, je dois en assumer les conséquences et les autres n'ont pas à payer pour moi… mais c'est dur.

Clara est formidable, mais Clara n'est pas ma mère. Je pleure presque tous les soirs dans ses bras, mais ce ne sont pas des bras de maman. Des bras de maman, ça console, ça protège et ça règle tous les problèmes. J'aurais envie de redevenir toute petite et de laisser ma mère arranger tout ça. Mais je suis grande… C'est même parce que je suis grande que je me retrouve dans un pétrin pareil.

J'en suis venue à détester les repas en famille. Depuis deux semaines, je m'efforce d'avaler quelques bouchées, mais aujourd'hui, ça ne passe pas. Les yeux baissés, je massacre mon souper avec ma fourchette, mais je ne mange rien.

Au bout de quelques minutes d'un silence pénible, mon père lance :

— Tu n'avais pas de répétition aujourd'hui ?

— Non, Pascal veut travailler avec les autres. Il m'a donné congé pour quelques jours.

Ce n'est pas toute la vérité, mais ce n'est pas un mensonge non plus. Ils n'ont pas besoin de savoir que j'ai été jetée dehors à cause de cette peur immense qui prend toute la place dans mon cœur et dans ma tête, et qui m'empêche de penser à quoi que ce soit d'autre.

Mes parents échangent un coup d'œil. Je sens que je n'y échapperai pas. L'interrogatoire s'en vient…

— Julie…

Cette fois, c'est ma mère qui a parlé. Et avec une drôle de voix. Elle se racle la gorge mais ne va pas plus loin. Mon père continue :

— Julie, on se fait du souci pour toi. En fait, on est très inquiets. Tu ne manges plus, tu as des cernes sous les yeux, tu as maigri. Qu'est-ce qui s'est passé à Québec ?

— Si tu es malade, dis-le-nous. Il y a beaucoup d'anorexiques chez les danseuses, mais ça se soigne, tu sais.

J'ai envie d'éclater de rire. Anorexique ! Mon Dieu, si elle savait à quel point elle se trompe…

— Je ne suis pas anorexique, maman.

— Alors, qu'est-ce qu'il y a ?

Mon père commence à s'énerver. Il déteste quand les choses lui échappent. Quand il perd le contrôle… Moi qui croyais que nous n'avions pas grand-chose en commun, je me rends compte que je lui ressemble beaucoup.

Je hausse les épaules en prenant mon air le plus innocent.

— Il n'y a rien du tout.

Sous leur regard scrutateur, je me sens piégée. Ils ne se contenteront pas d'une telle réponse. J'ai envie de tout raconter, pourtant, quand j'ouvre la bouche, c'est une autre histoire qui sort :

— J'ai décidé que je veux suivre une formation professionnelle en danse. J'ai trouvé un dépliant, pendant mon stage, et c'est vraiment ce que je veux faire.

Ma mère ferme les yeux et pousse un soupir. De soulagement, j'espère. Mon père, lui, ne bouge pas et continue de me dévisager. Je le connais : il aimerait que je fasse des études, que j'aille à l'université, mais je ne suis pas faite pour ça et il le sait.

— D'accord, ce n'est pas ce que vous espériez, mais je n'ai jamais beaucoup aimé l'école et je ne me vois pas étudier encore pendant dix ans…

Mon père m'interrompt.

— Julie, la danse, c'est une vocation chez toi. Il ne nous serait jamais venu à l'esprit de t'obliger à faire autre chose. Je ne comprends pas pourquoi tu t'inquiètes…

Je baisse à nouveau les yeux vers mon assiette. Je me sens coupable, lâche et égoïste. J'ai de bons parents, finalement, et je vais peut-être les décevoir amèrement.

— Ce n'est pas tout, n'est-ce pas ? Il y a autre chose que tu ne dis pas…

Papa est décidément beaucoup trop perspicace, ce soir. Je fais appel à toute mon énergie et à ma nouvelle expérience de comédienne pour lui adresser mon plus grand sourire et répondre d'une voix enthousiaste :

— Non, il n'y a rien d'autre. Je suis contente de vous avoir parlé, ça va beaucoup mieux.

Je réussis à finir mon souper par je ne sais quel miracle. En sortant de table, je me rends compte que ma mère n'a pas prononcé un seul mot depuis que j'ai lancé ma mini-bombe. J'ai l'impression qu'elle se doute de quelque chose, qu'elle sent que je n'ai pas tout dit… et qu'elle est encore loin de la vérité.

▲ ▼ ▲

J'ai couru, couru sans m'arrêter jusque chez Clara, les jambes en feu et les yeux brûlants. Dès qu'elle m'a ouvert, elle a compris que quelque chose n'allait pas. Sans dire un mot, elle m'a traînée jusqu'à sa chambre. Une fois la porte refermée derrière nous, elle m'a prise dans ses bras et m'a serrée très fort en demandant :

— Tu as fait le test ?

J'ai compris qu'elle avait supposé, en me voyant en mille morceaux, que j'avais maintenant la certitude d'être enceinte. J'aurais voulu la rassurer tout de suite, mais je n'ai pas réussi à articuler le moindre mot.

Je pleure maintenant depuis cinq minutes et j'ai l'impression qu'il me reste toujours autant de larmes. Clara me caresse le dos, me répète que ce n'est pas la fin du monde, que je ne suis pas la première à qui ça arrive... Finalement, je réussis à trouver assez de souffle pour rétablir la vérité :

— Je... n'ai pas... encore fait... le test...

Clara s'éloigne un peu mais garde sa main sur mon épaule.

— Mais alors, pourquoi tu pleures autant ?

Je prends une grande inspiration, expire lentement. À peu près calmée, je raconte à mon amie ma conversation avec mes parents. Elle fronce les sourcils.

— Voyons, Julie, je ne comprends rien ! C'est super, qu'ils l'aient pris comme ça ! Qu'est-ce que tu veux de plus ?

Je croyais qu'elle comprendrait tout de suite. Ça me fâche de voir qu'il faut que je m'explique, que je me justifie. Je réponds d'un ton trop brusque :

— Je voudrais être sûre de réussir ! Je voudrais ne plus avoir de doute, ne plus avoir peur, savoir que je n'aurai pas une bedaine de cinq mois en mars, quand ce sera le temps des auditions! Je sais que j'ai fait une erreur, mais il me semble que je ne devrais pas avoir à payer toute ma vie pour un petit moment d'inattention!

Daniel ne m'a pas encore donné de nouvelles. Je ne l'ai dit à personne, mais là, j'explose:

— En plus, je n'étais pas toute seule là-dedans!

Bon, ça y est, je recommence à pleurer.

Clara me prend à nouveau dans ses bras.

— Et Daniel, justement, qu'est-ce qu'il dit de ça?

Je renifle.

— Rien.

— Comment ça, rien?

J'hésite, puis je souffle d'une petite voix:

— Il n'est pas au courant.

Clara me lâche tout à fait, cette fois, et recule même de deux pas.

— Comment ça, pas au courant? Tu ne lui as rien dit?

— Je ne lui ai même pas parlé depuis que je suis revenue.

— Tu ne… Voyons, Julie ! Tu me niaises !
Il t'appelait tous les soirs, avant !

— Non, il ne m'appelait pas tous les
soirs !

— Presque ! En tout cas, il ne laissait
jamais passer deux semaines sans te parler…

Je me sens vaguement honteuse. J'ai l'impression de m'être fait avoir. Quelque chose
me dit que Clara pense exactement la même
chose. Heureusement, mon amie est trop
polie pour me le dire. Elle demande plutôt :

— Pourquoi tu ne l'appelles pas, toi ?

C'est vrai, pourquoi je ne l'appelle pas ?

— Parce que je ne veux pas qu'il me
trouve collante. Parce que je ne veux pas qu'il
me prenne pour un bébé. Parce que… parce
que j'aurais trop peur de pleurer.

Clara semble complètement sonnée. Elle
se laisse tomber sur son lit et je m'assois près
d'elle. Cette fois, je ne pleure plus. J'ai déjà
assez honte sans jouer à la fille faible et pleurnicharde en plus. Je n'ose pas la regarder.

Elle finit par demander doucement :

— Comment veux-tu bâtir quelque chose
de solide avec Daniel si tu n'es pas capable de
lui parler d'une chose aussi importante ?

Je continue de fixer mes pieds.

— Je n'ai jamais dit que je voulais bâtir quelque chose de solide avec lui.

— Alors, tu n'es pas amoureuse de lui, finalement ?

Je relève la tête, piquée au vif.

— Franchement, Clara ! Penses-tu que j'aurais couché avec lui si je n'avais pas été amoureuse ?

Elle ne répond pas. Je bondis sur mes pieds.

— Tu me prends pour qui ?

— Pour une fille qui a des œillères. Je ne comprends pas pourquoi tu ne veux pas voir la vérité en face. Tu n'es pas heureuse avec Daniel…

— Qu'est-ce que tu en sais ?

Elle lève les yeux au ciel.

— Julie, c'est évident ! Tu passes ton temps à me dire que tu n'es pas complètement à l'aise avec lui, que tu ne sais pas quoi dire et quoi faire quand il est là…

— J'étais à l'aise à Québec !

— Oui, et regarde où ça t'a menée !

Un coup de poing n'aurait pas plus d'effet. J'en oublie de respirer. Clara se lève aussitôt.

— Excuse-moi, je ne voulais pas dire ça…

— Ça va. Tu as raison.

Un malaise pesant s'installe entre mon amie et moi. Nous restons là à regarder par terre dans un silence gêné. Finalement, je lève la tête.

— Je ne sais pas ce que je ferais sans toi, Clara.

Elle hausse les épaules avec un petit sourire triste.

— Pourtant, je n'ai pas l'impression de faire grand-chose...

— Tu es parfaite, ne t'inquiète pas.

— Julie, je peux te poser une question ?

— Vas-y.

— Qu'est-ce que tu vas faire si tu es enceinte ?

Je l'attendais, celle-là. Je me demande même pourquoi Clara ne me l'a pas posée avant.

— J'imagine que je vais commencer par piquer la dépression du siècle...

J'essaie d'être drôle, mais c'est un échec total.

— Je ne sais pas ce que je déciderais. Je ne me vois pas avec un gros ventre, encore moins avec un bébé, mais l'avortement, ça me fait peur. J'attends le résultat du test. Je verrai après.

— Tu le passes dans deux jours, c'est ça ?

Clara, qui est l'une des meilleures de la classe en sciences, m'a aidée à calculer les dates.

— Oui, c'est ça.

Je laisse passer une seconde, puis j'ajoute :

— J'aimerais que tu sois là quand je le ferai.

Mon amie me sourit.

— Je serai là.

Chapitre 10

Je n'aurai besoin ni de Clara ni de test.

Je ne suis pas différente des autres filles : quand je suis menstruée, je n'ai pas envie que ça se sache. Mais aujourd'hui, je voudrais le crier au monde entier.

J'ai mal au ventre, j'ai mal au dos, j'ai deux boutons qui me poussent sur le nez et je n'ai jamais été aussi heureuse.

Chapitre 11

Depuis deux jours, je flotte. J'ai repris les répétitions avec Pascal, mes chorégraphies avancent tellement vite que j'ai du mal à me suivre moi-même et je comprends mieux ce que les profs racontent. Je commence à penser qu'il n'y a rien de plus merveilleux que la vie normale.

Ce soir, je fais mon devoir de maths toute seule, comme une grande. Clara s'est beaucoup occupée de moi, ces derniers jours, et elle a négligé Pascal. Maintenant que l'orage est passé, elle rattrape le temps perdu avec son amoureux et c'est parfaitement compréhensible. De toute façon, je ne déteste pas me retrouver seule de temps à autre.

Le téléphone sonne une fois, deux fois, puis mon père crie :

— Julie, c'est Daniel !

J'en veux à mon cœur de s'exciter autant. Daniel ne mérite même pas que je réponde. S'il croit que je vais accourir dès qu'il me siffle…

— Julie, tu réponds, oui ou non ?

— Oui, oui !

Je décroche le téléphone sur mon bureau de travail.

— Allô !

J'essaie de continuer à résoudre mon problème, mais ça ne marche pas. Je ne suis plus du tout concentrée. Il faudra que je le reprenne du début et ça m'énerve.

— Salut, Julie. Désolé de ne pas t'avoir appelée avant, mais j'ai eu du travail par-dessus la tête.

Plutôt ordinaire, comme excuse, mais sa voix me fait autant d'effet qu'avant. J'ai les mains moites, la gorge sèche et je donnerais n'importe quoi pour l'avoir à côté de moi.

— Julie, tu es là ?

— Oui, oui, excuse-moi. J'étais en train de me dire que tu me manques.

Qu'est-ce qui me prend ? Il y a deux minutes, j'étais presque prête à le laisser tomber, et me voilà qui lui dis qu'il me manque !

— Tu m'as manqué à moi aussi. Beaucoup. Je n'ai pas arrêté de penser à toi.

J'ai envie de lui demander pourquoi il ne m'a pas téléphoné s'il pensait à moi tant que ça, mais je me retiens. Je choisis plutôt une question moins explosive :

— Tu viens quand ?

— Pas avant Noël. Je ne pourrai pas me libérer avant.

— Noël ? Mais c'est dans un mois et demi !

— Un mois et une semaine.

— Quand même…

— Je sais, Julie, mais je ne peux pas faire autrement.

Je ne dis rien. Il reprend :

— Qu'est-ce qui s'est passé de spécial, depuis ton stage ?

Je respire un bon coup, puis réponds :

— Rien. La comédie musicale avance, les chorégraphies sont bonnes…

Nous parlons de tout et de rien, comme si je ne venais pas de vivre les deux pires semaines de mon existence. Quand finalement je reviens à mon problème de maths, je ne comprends même plus la question.

▲ ▼ ▲

Plusieurs heures plus tard, les yeux grand ouverts dans le noir, je n'arrive pas à m'endormir. Je n'arrête pas de penser à Daniel. Sa voix me hante, ses mains me hantent… Je me demande comment je vais survivre jusqu'à Noël.

Daniel, c'est ma drogue. Je sais qu'il n'est pas bon pour moi, mais je ne peux plus m'en passer.

▲ ▼ ▲

Un mois et une semaine, c'est long. Pas autant que les deux semaines que j'ai passées à m'inquiéter d'une possible grossesse, mais presque. Il n'était pas question que je me tourne les pouces pendant tout ce temps.

J'étais déjà occupée. Maintenant, je n'ai plus une minute à moi. Mon projet de passer les auditions de l'Académie K-Danse tombe à pic. Je n'aurais pas pu trouver mieux pour m'occuper en attendant Daniel. Je consacre tout mon temps libre à travailler pour atteindre mon objectif.

Le soir, après mes devoirs, je fais des exercices de renforcement et d'étirement. Le samedi après-midi, je me rends au local de danse avec ma mère et je passe quelques heures à travailler mes ports de bras, mes exercices à la barre et mes enchaînements chorégraphiques en m'examinant sous tous les angles dans les miroirs. Maman a fait des pieds et des mains pour obtenir les clés et l'autorisation de se servir du local. J'ai les clés et la permission, mais je dois toujours être accompagnée d'un adulte. Alors maman passe ses samedis après-midi ici, avec moi.

C'est quelqu'un, ma mère. Si je devais faire une croix sur ma carrière de danseuse, si je devais abandonner mes rêves comme elle l'a fait, je ne suis pas certaine que je trouverais la force, plus tard, d'aider ma fille à suivre le même chemin. Il me semble que ça me briserait le cœur. Ma mère, elle, ne dit jamais non quand j'ai besoin d'aide. Quand elle m'accompagne, le samedi après-midi, elle apporte un livre et s'installe à l'extérieur du local. Je sais qu'elle aimerait rester avec moi, me regarder et peut-être me donner quelques conseils, mais je ne pourrais jamais travailler comme il faut si elle était là. Danser devant une seule personne est mille fois plus intimidant que danser devant un grand public. Maman le sait et elle n'a pas insisté.

Je pense à tout ça en ramassant mes disques compacts à la fin d'une séance particulièrement réussie. Je me sens solide, confiante. En sortant du local, je serre ma mère dans mes bras.

— Merci, maman. Je t'aime, tu sais.

Je suis presque aussi surprise qu'elle par mes paroles. Aussitôt, je change de sujet, mais j'ai eu le temps d'apercevoir la lueur de joie pure qui a fait briller ses yeux.

▲ ▼ ▲

Pascal n'a pas tellement changé depuis l'année dernière. Il est plus doux, il a un peu perdu ses manières de dictateur, mais dans le fond, il reste le même : jamais satisfait, perfectionniste à l'excès et prêt à faire sauter tout ce qui peut être un obstacle à ses désirs. Aujourd'hui, il semble que l'obstacle soit moi.

Il vient de nous faire reprendre trois fois la scène où Léa apprend que Sébastien l'aime.

Une scène que j'ai toujours beaucoup de mal à jouer. Michaël, qui joue Sébastien, a beau y mettre tout son cœur, je n'arrive pas à me sentir complètement détendue en sa présence. C'est difficile de faire semblant d'aimer quelqu'un quand on a déjà un gars dans la peau… Selon monsieur le metteur en scène, je ne souris pas assez, je ne « rayonne » pas assez… Il en a de bonnes, des fois, celui-là. Je crois qu'il lui arrive de se prendre trop au sérieux.

Il nous arrête en plein milieu du deuxième couplet de notre duo. Michaël soupire. Clara, affalée sur sa chaise avec les autres comédiens, lève les yeux au ciel. Les danseuses, qui s'apprêtaient à entrer en scène, s'assoient par terre et reprennent leurs étirements. Tout le monde en a plus qu'assez, moi la première. Je me tourne vers Pascal et, sans réfléchir, je lance :

— As-tu fini de me taper dessus ?

— Je ne te tape pas dessus.

— Tu es toujours sur mon dos !

— C'est normal, tu as le rôle principal. L'année dernière, j'étais toujours sur le dos de Clara…

— Parce que tu l'aimais et que tu ne savais pas comment le lui dire ! Moi, tu me détestes et tu t'arranges pour que je le sache !

Il serait peut-être temps que tu trouves un autre moyen d'exprimer tes émotions !

Il me regarde sans un mot, et ce silence est plus efficace que toutes les insultes, que toutes les menaces qu'il aurait pu inventer. Je me sens ridicule, mais ça ne suffit pas à me calmer.

Doucement, il réplique :

— Je ne te déteste pas, Julie.

Clara et moi sommes probablement les seules à sentir la colère derrière cette voix calme et parfaitement maîtrisée. S'il y a une chose qu'il ne faut pas faire, avec Pascal, c'est mettre en doute ses talents de metteur en scène et son objectivité. Si j'étais moi-même plus objective, j'admettrais qu'avant aujourd'hui, il ne m'a jamais traitée différemment des autres. Mais je suis trop en colère pour me montrer rationnelle.

— Oui, tu me détestes. Tu m'en veux à cause de ce que j'ai fait à Philippe et…

— Arrête !

L'ordre claque comme un coup de fouet. Pascal a des éclairs dans les yeux.

Je descends de l'estrade sans cesser de le regarder et m'apprête à partir quand il me saisit le bras.

— Tu vas où comme ça ?

— Tu ne crois quand même pas que je vais rester ?

— Oui, tu vas rester. Ce sont les autres qui vont partir. La répétition est terminée, mais toi et moi, on va se parler.

Je me dégage brusquement mais reste là, les bras croisés, à le dévisager pendant que les autres sortent. Personne n'ose dire un mot, pas même Clara. Pascal semble faire peur à tout le monde sauf à moi.

Une fois la porte refermée, il se détend.

— Tu veux t'asseoir ?

Je ne comprends plus rien. Il y a trente secondes, il semblait prêt à m'écorcher vive, et le voilà tout poli, tout doux, comme s'il ne s'était rien passé. Décontenancée, je m'assois sur un siège à côté de lui.

— Toi, on peut dire que Clara t'a changé. Avant, tu m'aurais boudée pendant trois semaines et là, ça a duré à peine deux minutes.

Il a un petit sourire en coin, puis il reprend son sérieux et change brusquement de sujet :

— Tu veux qu'on parle de Philippe ?

Je savais qu'il faudrait en venir là un jour ou l'autre, mais je n'ai pas envie que ce soit aujourd'hui.

— Non, je ne veux pas parler de Philippe.

— C'est dommage pour toi, parce que je vais en parler de toute façon.

Pascal se tait un instant, comme s'il attendait que je dise quelque chose. Qu'est-ce qu'il veut que je réponde à ça ? Qu'il parle de Philippe autant qu'il veut si ça lui chante, je ne suis pas obligée de répondre.

— Il y a vraiment quelque chose qui cloche dans ta façon de jouer Léa. Jusqu'à aujourd'hui, c'était correct, mais avec Michaël, tantôt, ça n'allait pas du tout.

Je ne vois pas le rapport avec Philippe.

— Il faut qu'on sente que Léa est heureuse avec lui, que plus rien n'a d'importance maintenant qu'elle sait qu'il l'aime. Il faut que ses yeux brillent, qu'elle sourie, qu'elle rayonne…

Encore son histoire de rayonnement… Il m'énerve, à la fin !

— Ce n'est pas parce que Clara et toi, vous « rayonnez » à longueur de journée que tous les amoureux sont pareils !

— Tu étais comme ça, toi aussi, avec Philippe.

Je n'ai pas vu venir le coup. Moi qui croyais que Pascal avait décidé d'abandonner le sujet, j'aurais dû savoir qu'il n'était pas du genre à renoncer si facilement.

Je réplique sèchement :

— J'imagine que ça veut dire que je ne suis pas comme ça avec Daniel.

— Non, tu n'es pas comme ça avec Daniel. Mais je n'ai pas l'intention de me mêler de tes affaires. C'est ta vie, tu en feras bien ce que tu voudras, et Philippe finira par t'oublier.

Devant mon air surpris, il a un petit sourire incertain.

— À force d'entendre Clara me dire de me mêler de ce qui me regarde, on dirait que l'idée a fait son chemin… Écoute, Julie, je ne veux pas parler de Daniel. Je voulais juste que tu comprennes que tu peux arriver à jouer Léa comme je le veux. Tu sais ce qu'elle ressent, tu l'as déjà vécu. Sers-toi de ton expérience, quand tu joues la scène, rappelle-toi comment c'était avec Philippe…

— Je ne peux pas, ça fait trop mal.

Je suis aussi surprise que lui par ma déclaration. Je me rends soudain compte que je n'ai pas arrêté de comparer Daniel et Philippe. Inconsciemment, la plupart du temps, mais il reste que mon cerveau travaillait pendant que mon corps perdait les pédales. Daniel n'est pas Philippe, il ne sera jamais Philippe et il ne lui arrivera jamais à la cheville. Philippe se serait assuré qu'il n'y avait aucun risque à faire l'amour, il m'aurait demandé si je prenais la pilule ou aurait sorti un condom avant de me déshabiller. Il ne m'aurait pas laissée poireauter pendant deux longues semaines après. Il m'aimait vraiment, lui, il ne se gênait pas pour me le dire… et c'était réciproque.

Daniel ne m'a jamais dit qu'il m'aimait, mais ça aussi, c'est réciproque.

Je sais que je me suis promis de ne jamais regretter d'avoir laissé Philippe, mais je sens maintenant que ma promesse sera plus difficile à tenir que je ne le croyais.

Le silence est lourd. Finalement, j'ose demander :

— Pourquoi tu le détestes autant ?

— Qui ?

— Tu sais très bien qui. Daniel.

Il baisse les yeux.

— Je n'ai pas envie d'en parler.

Pascal a hésité avant de répondre. Je le connais assez pour sentir qu'il est passé à un cheveu de tout m'avouer.

— Tu me le diras, un jour ?

Il se lève.

— Peut-être, mais pas aujourd'hui. Tu viens, maintenant ? Clara doit se demander si on est toujours vivants…

Je souris presque malgré moi. Quoi qu'il dise, quoi qu'il fasse, Pascal finit toujours par parler de Clara.

▲ ▼ ▲

Il a neigé, la nuit dernière. Ce n'était pas la première fois cet hiver, mais c'est la première *vraie* neige, et je me lève ce matin pour trouver un paysage tout blanc. Dans des moments comme celui-là, je me sens redevenir une petite fille.

Il y a la beauté du décor, c'est vrai, mais il y a aussi autre chose : la neige, ça veut dire Noël, et Noël, cette année, ça veut dire Daniel. Il arrive dans très exactement vingt-six jours, mais en voyant toute cette blancheur, j'ai eu l'impression que la date de son arrivée se rapprochait tout d'un coup. J'ai hâte… et j'ai peur.

Depuis ma conversation avec Pascal, la semaine dernière, j'ai réussi à m'ajuster et à faire de Léa le personnage qu'il voulait. Lui seul sait à quel point j'ai mal quand je joue. Lui qui s'énerve à la moindre erreur, il ne dit rien quand j'arrête de chanter en plein milieu d'une phrase, la gorge nouée. Personne ne comprend. Même Clara se pose des questions. Je ne lui ai pas encore raconté notre discussion, à Pascal et moi. Pas parce que je ne le veux pas, mais parce que depuis un mois, je ne la vois plus du tout, sauf pour l'école, la comédie musicale et les cours de ballet. Ce qui fait beaucoup, mais qui ne laisse pas grand place aux conversations intimes.

Je me rends compte que depuis un mois, en fait, je ne vois personne. Ou plutôt, je ne parle plus à personne. Mon travail acharné pour me préparer aux auditions me coupe complètement du reste du monde. Je suis en train de devenir une ermite et je ne peux pas dire que ça me plaît beaucoup.

Dix heures, un samedi matin... Clara a une réputation de lève-tard, mais je ne peux pas la laisser gâcher un si bel avant-midi. Je décroche le téléphone et compose son numéro. Elle répond au bout de trois sonneries.

— Allô !

— Salut, Clara. Tu es debout ?

— Évidemment, que je suis debout !

— Tu m'excuseras, mais je ne trouve pas que c'est si évident que ça. C'est déjà arrivé que j'appelle à midi et que tu dormes encore.

— Seulement deux fois, il ne faudrait pas exagérer !

— Bon, d'accord. Tu veux venir marcher ?

Marcher m'aide à réfléchir quand je suis toute seule et à me confier quand je suis avec Clara. Depuis que je suis tombée amoureuse de Daniel, je n'ai jamais autant marché. C'est peut-être un signe...

Mon amie pousse un grand soupir.

— J'aimerais bien, mais il faut que je range ma chambre. Ma mère me le demande depuis deux semaines et si je ne le fais pas aujourd'hui, elle va piquer une crise. Si on y allait plutôt cet après-midi ?

J'hésite. Elle comprend tout de suite.

— Oh, c'est vrai, le samedi après-midi, tu danses.

Je n'ai pas à réfléchir longtemps.

— Tant pis. J'ai trop envie de prendre l'air. Je ne pense pas qu'un après-midi de congé me fera manquer ma carrière... Et maman sera contente d'avoir du temps à elle.

— Parfait ! On se rappelle après dîner, alors.

▲ ▼ ▲

Ça me fait tellement de bien de rire et de parler avec mon amie que je me demande comment j'ai pu m'en passer aussi longtemps.

— J'ai décidé de ce que je voulais faire comme métier.

— Ah oui ?

Clara a dû changer d'idée au moins quatre fois depuis que je la connais. Elle aime trop la vie, elle veut goûter à tout, elle a peur de passer à côté de quelque chose d'important. Qu'est-ce qu'elle va me sortir, cette fois ?

— Oui. Je vais être journaliste.

Elle a un grand sourire et avance comme quelqu'un qui sait où elle s'en va. Cette fois, je crois qu'elle a trouvé sa voie.

— Journaliste... Oui, je t'imagine très bien là-dedans.

— Tu veux qu'on s'en aille en appartement ensemble ?

Sa question me surprend tellement que j'en oublie de mettre un pied devant l'autre.

— Tu veux qu'on prenne un appartement ensemble ?

— Ben quoi, tu n'y avais jamais pensé ? Si tu ne veux pas, tu n'as qu'à le dire, je ne me fâcherai pas…

Je recommence à marcher, un grand sourire aux lèvres.

— Oh, Clara, ce serait merveilleux ! J'adorerais ! Mais je pensais que tu irais avec Pascal…

— Non, pas maintenant. Je n'ai pas envie de tomber dans la routine tout de suite avec lui. Tu sais, le lavage, le ménage, la vaisselle…

Je connais assez mon amie pour deviner qu'au contraire, elle aurait bien envie de tomber dans cette routine, comme elle dit. Elle a beau être bonne actrice, quand il s'agit de Pascal, elle ment très mal. Curieuse, je demande :

— Et la vraie raison, c'est quoi ?

Elle me jette un bref coup d'œil, puis répond :

— Il s'est déjà arrangé avec Philippe.

Philippe, Philippe… Ces temps-ci, j'ai l'impression que tout le monde parle de Philippe. D'abord Pascal, maintenant Clara, et ce sera qui, ensuite ? Philippe en personne ?

Comme je ne dis rien, Clara change de sujet.

— Daniel arrive quand ?

D'habitude, elle est meilleure que ça. Premièrement, passer de Philippe à Daniel, c'est plutôt maladroit, et deuxièmement, elle sait aussi bien que moi à quelle date Daniel doit arriver. Je le lui ai assez répété ! Mais j'entre dans son jeu.

— Le 23 décembre. Dans vingt-six jours.

— Tu as acheté des condoms ?

Je pourrais lui en vouloir de se mêler de mes affaires, mais je la comprends. Je lui ai tellement rebattu les oreilles avec mes histoires de grossesse supposée qu'elle a sûrement peur que ça recommence. Et en plus, en véritable amie, Clara se fait du souci pour moi. Je prends mon ton le plus rassurant.

— Ne t'en fais pas, j'ai commencé à prendre la pilule.

L'examen gynécologique chez le médecin ne restera certainement pas gravé dans ma mémoire comme le moment le plus merveilleux de mon existence, mais il y a pire. J'avale ma petite pilule bleue tous les soirs, presque religieusement… et en cachette de mes parents. Même si je sais qu'ils seraient sûrement soulagés de savoir que je prends mes précautions.

Clara, elle, n'est pas encore tout à fait rassurée.

— Il y a les MTS, aussi…

— Écoute, j'ai l'intention de prendre la pilule *et* d'utiliser des condoms. J'ai eu tellement peur la première fois qu'il n'est pas question que je prenne de risques. Ça te va ? On peut changer de sujet ?

Elle me fait un grand sourire. Même si je ne l'ai jamais vraiment perdue, j'ai l'impression d'avoir retrouvé mon amie.

Décidément, il fait très beau, aujourd'hui.

Chapitre 12

Daniel arrive demain.

Depuis dix jours, il me téléphone tous les soirs, comme pour être sûr que je pense à lui avant de m'endormir. Et ça marche. Avec des phrases parfois voilées, parfois très directes, il me parle de notre soirée ensemble à Québec et des nuits qui s'en viennent. Je reste souvent éveillée longtemps dans mon lit, le corps en ébullition et la tête pleine de ses mots…

Heureusement que les vacances des fêtes approchent, parce que j'ai recommencé à ne plus rien comprendre à l'école.

▲ ▼ ▲

Le 23 décembre a fini par arriver… et Daniel avec lui. Il est enfin là, avec ses yeux, sa bouche, sa peau, ses mains… Ma foi, je deviens complètement obsédée !

Quand il est descendu de son auto, je lui ai sauté dessus comme une affamée. On pourrait presque croire que c'est moi, maintenant, le grand méchant loup. Heureusement, il semble tout disposé à se laisser dévorer. J'ai eu beaucoup de mal à me détacher de lui pour monter dans l'auto et partir chez sa mère.

Je me rappellerai toute ma vie de la conversation que j'ai eue avec la mienne avant de sortir. J'ai attendu à la dernière minute, puis j'ai lancé d'un seul souffle :

— Je vais dormir chez Daniel, ce soir. Ne t'inquiète pas, j'ai des condoms et j'ai commencé à prendre la pilule il y a un mois.

Mon plan était de filer avant qu'elle ait eu le temps d'ajouter quoi que ce soit, mais elle a été plus rapide que moi. J'avais déjà un pied dehors quand elle a répliqué :

— Tu es assez grande pour savoir ce que tu fais, Julie.

Ça m'a stoppée net dans mon élan. Je suis restée là, un pied dehors, un pied dans la maison, complètement figée, puis j'ai fermé doucement la porte.

J'avais la bénédiction de ma mère. J'aurais dû me sentir soulagée… Alors, pourquoi est-ce que j'avais envie de pleurer ? Pourquoi est-ce que je me suis sentie aussi abandonnée ? Parce que je me trouvais tout à coup la seule responsable de mes actes ? Peut-être… C'est dur de grandir.

En attendant Daniel, j'ai essayé de me raisonner, de me dire que je n'avais plus trois ans, mais presque dix-sept, que j'allais bientôt partir pour le cégep et vivre loin de mes parents, que j'étais presque une adulte… Rien à faire. Je n'avais pas envie d'être adulte.

Heureusement, dès que j'ai vu Daniel, j'ai oublié ma mère et tous mes questionnements. Et maintenant, seule avec lui dans sa chambre, j'ai très hâte de renouveler l'expérience de Québec. Tellement hâte que je n'ai presque pas touché au traditionnel souper de retrouvailles, que je n'ai presque pas entendu la conversation autour de la table, que je n'ai presque pas vu les coups d'œil et les sourires en coin que m'adressait Clara.

Pendant toute l'heure du repas, je me suis demandé comment j'amènerais la question des condoms sur le tapis. Je n'ai pas encore trouvé la réponse.

Je suis là, assise sur le lit de Daniel, tellement tendue et nerveuse que je ne profite pas du tout de ses baisers. Il finit par s'en rendre compte.

— Qu'est-ce que tu as, Julie ?

C'est le moment ou jamais. Je me lève, me dirige vers mon manteau posé sur le dossier de la chaise et sort la fameuse petite boîte. Mes mains tremblent.

— J'ai apporté des condoms. Je n'étais pas sûre que tu en avais ici, alors…

— Des condoms ? Pour quoi faire ? Tu ne prends pas la pilule ?

Je ne pensais pas que j'aurais à le convaincre. Je croyais qu'une fois que j'aurais réussi à aborder le sujet, le reste se ferait tout seul. Je bafouille :

— Oui, mais ce n'est pas sûr à cent pour cent… Il y a toujours un risque…

— Un risque sur mille, Julie. Ça ne vaut même pas la peine d'en parler.

Je pourrais lui parler des MTS, comme me l'a fait remarquer Clara, mais je n'ai pas envie d'entrer dans ce genre de détails. Et je ne voudrais pas qu'il croie que je ne lui fais pas confiance. Je laisse plutôt échapper :

— Écoute, la seule et unique fois qu'on a fait l'amour, j'ai vraiment eu peur d'être enceinte. J'ai passé deux semaines d'enfer et je n'ai pas l'intention de recommencer.

Je n'avais pas prévu le mettre au courant, ni ce soir ni un autre soir, mais les mots sont sortis tout seuls.

J'ai parlé en gardant la tête baissée. Comme Daniel ne dit rien, je lève les yeux. Il a pâli. Beaucoup.

— Enceinte ? Mais… la pilule ?

Il commence à m'énerver avec ses histoires de pilule. C'est la première fois qu'il me tape sur les nerfs et j'espère que ça n'arrivera pas trop souvent.

— Je ne la prenais pas, la pilule, dans ce temps-là. De toute façon, je n'étais pas toute seule là-dedans, non ?

Il ne semble même pas m'avoir entendue.

— Tu ne l'aurais pas gardé, quand même ?

Un vrai coup de poing en pleine face. Ou plutôt, en plein ventre. Pas de « Pauvre Julie, tu as dû trouver ça dur » ou de « Pourquoi tu ne m'en as pas parlé, au lieu de vivre ça toute seule ? » Non, juste cette affreuse question :

« Tu ne l'aurais pas gardé, quand même ? »
Une question qui n'en est pas une, dans le
fond. Pour Daniel, il semble évident que je
me serais débarrassée de ce « problème » sans
hésiter.

— Je ne sais pas si je l'aurais gardé. Peut-
être, peut-être pas.

J'ai répondu d'un ton plus sec que je
l'aurais voulu. Tout à coup, je trouve Daniel
moins beau qu'avant.

Il me décoche son plus irrésistible sourire,
mais le charme n'opère pas comme d'habitude.

— Voyons, Julie, on ne va pas se disputer
pour un bébé qui n'existe pas et qui n'a jamais
existé ! Si ça peut te rassurer, on les utilisera,
tes condoms…

Je déteste ce ton paternaliste qu'il utilise
parfois avec moi. D'accord, il a plus d'expérience que moi dans le domaine, mais je ne
suis quand même plus un bébé ! J'ai même
l'âge d'en faire un !

Ses mains et sa bouche m'allument
encore, mais pas comme avant. Nous faisons
l'amour et c'est encore bon, mais pas comme
la première fois. Et ça n'a rien à voir avec le
condom.

▲ ▼ ▲

Je me lève tôt le lendemain matin. Je croyais que dormir avec Daniel serait un pur enchantement, que je me réveillerais à côté de lui en m'imaginant au paradis. En fait, je n'ai pas pu me réveiller près de lui parce que je n'ai pas dormi. Ses mots m'ont tourné dans la tête toute la nuit. Ce matin, je me sens absente, comme si ma tête était détachée de mon corps, ou comme si j'étais soûle.

Je jette un coup d'œil au réveil. Cinq heures et demie, un 24 décembre, un matin de vacances, un jour dont je rêve depuis des semaines… On dirait pourtant que le rêve est en train de virer au cauchemar.

Il n'est pas question que je commence ma journée à cinq heures et demie, mais rien ne m'empêche d'aller boire un verre d'eau et de revenir me coucher après.

Je ne suis pas la seule à ne pas dormir. Quand j'arrive à la cuisine, Clara y est déjà, avec son propre verre d'eau. Je souris et chuchote :

— On a eu la même idée !

Clara sourit aussi et dit tout bas :

— C'est merveilleux de dormir avec le gars qu'on aime, tu ne trouves pas ?

Elle sait que c'est ma première nuit complète avec Daniel. Et elle s'imagine probablement que je suis aussi heureuse qu'elle avec son Pascal. Je hoche la tête, mais mon sourire ne doit pas être convaincant. D'ailleurs, mon amie me demande :

— Il y a quelque chose qui ne va pas ?

Une cuisine, à cinq heures et demie du matin, avec Daniel, Pascal et leur mère qui dorment pas très loin, ce n'est peut-être pas l'endroit idéal pour des confidences… mais je m'en fiche.

— Je lui ai dit, pour l'histoire de la grossesse…

Je raconte tout à Clara. En parlant, je me rends compte que j'en veux encore plus à Daniel que je le pensais.

Clara m'écoute, adossée au comptoir. Tout à coup, elle détourne les yeux pour regarder un point derrière moi, vers le couloir.

— Pascal ? Qu'est-ce que tu fais là ?

Il passe la main dans ses cheveux.

— Quand j'ai vu qu'il n'y avait personne à côté de moi, j'ai voulu savoir où tu étais passée. Excuse-moi, Julie, je ne voulais pas être indiscret, mais j'ai entendu une partie de votre conversation… Assez pour comprendre de quoi vous parliez, en tout cas.

Moi qui voulais garder cette histoire pour moi, qui ne me suis confiée qu'à Clara et Daniel, je me rends compte que ça ne me dérange pas que Pascal soit au courant. Peut-être parce que, à sa façon de me regarder, je sens qu'il ne me considère pas comme une écervelée irresponsable, mais plutôt comme une fille qui a dû passer un très mauvais moment. Pourquoi est-ce que son frère ne lui ressemble pas plus ? Je hausse les épaules, essaie de sourire.

— Ça ne fait rien.

Il s'approche, s'adosse lui aussi au comptoir près de Clara. Je ne sais pas si c'est à cause de l'éclairage, mais il me semble pâle.

— Oui, ça fait quelque chose. À moi, ça me fait quelque chose, tu n'as pas idée à quel point.

J'attends. Clara attend. Finalement, il reprend :

— Tu voulais savoir pourquoi je déteste tant Daniel…

Mon cœur bat soudain très fort.

— Tu sais déjà que mon père est parti quand j'avais cinq ans, mais tu ne sais pas pourquoi. Il est rentré soûl, un soir, et il a battu ma mère. Je ne sais pas pourquoi, je ne sais même pas s'il avait une raison, et puis même s'il en avait eu une… C'était la première fois, ç'a été la dernière. Depuis un bout de temps, ils se disputaient souvent. Mon père criait, ma mère essayait de le calmer… Je crois que c'était à cause du bébé qui s'en venait. Ma mère était enceinte et même si je n'avais que cinq ans, je voyais bien que mon père n'en voulait pas, de ce bébé-là.

Encore une histoire de bébé… Mais tellement différente de la mienne ! Moi non plus, je n'en voulais pas de bébé, mais personne ne m'aurait battue… Pascal continue :

— Maman, elle, en rêvait. Elle disait que ce serait une fille, qu'elle le sentait. Pour Daniel et moi, elle avait deviné qu'elle portait des garçons, alors elle avait probablement raison encore une fois. J'avais tellement envie d'une petite sœur ! J'en parlais tout le temps, je choisissais des pyjamas roses avec maman, je demandais tous les jours si elle allait arriver bientôt… Et puis, tout à coup, plus rien. Ma mère s'est retrouvée à l'hôpital. Quand elle est revenue, il n'était plus question de bébé ou de petite sœur. Dès qu'elle a mis le pied dans la maison, elle a jeté mon père dehors en lui criant de ne plus jamais revenir. Il n'a pas protesté. Je crois qu'il était content de s'en aller.

Clara serre la main de Pascal dans la sienne. J'ai une boule dans la gorge. Son histoire est bien triste, mais qu'est-ce que Daniel vient faire là-dedans ? Comme s'il avait lu dans mes pensées, Pascal plante ses yeux dans les miens et poursuit :

— Daniel était là quand mon père a attaqué ma mère. Moi, j'étais caché dans l'escalier, comme dans les films... Je les ai vus. J'ai vu mon père qui cognait, ma mère qui essayait de se protéger comme elle le pouvait, et Daniel qui restait planté là, dans un coin de la cuisine, à les regarder. Il n'a rien fait, rien du tout !

Je fais un rapide calcul.

— Qu'est-ce que tu voulais qu'il fasse ? Il avait douze ans !

— Il était assez grand pour l'arrêter...

— Pascal, voyons ! Ton père était un homme ! Un garçon de douze ans ne peut pas se battre contre un homme !

— Un homme soûl, je te rappelle. Habituellement, ce n'est pas trop difficile à envoyer au tapis.

— Peut-être, mais un enfant, ça ne pense pas à se battre contre son père… Pour jouer, d'accord, mais pas pour vrai ! Et il était probablement aussi terrorisé que toi !

Il soupire.

— Peut-être…

Clara, qui n'a rien dit jusqu'ici, intervient :

— En as-tu déjà parlé à ta mère ?

— Non. Elle a pleuré pendant un mois, après. Pas devant nous, mais en cachette. À cinq ans, on voit beaucoup de choses, même si les adultes croient qu'on ne comprend rien…

— Et Daniel, tu lui en as parlé ?

— Non plus. De toute façon, au début, je ne suis même pas sûr que je comprenais ce qui se passait. C'est plus tard que j'ai commencé à lui en vouloir, à force de voir toujours les mêmes images défiler dans ma tête…

Je me rends compte, en l'écoutant, que j'ai toujours vécu dans la ouate. J'ai eu une enfance sans histoires, une adolescence plutôt tranquille jusqu'à maintenant… Et pourtant, il y a des gens qui vivent des drames comme celui-là et on n'en sait rien. Je suis chanceuse.

Clara me tire de mes pensées.

— Tu devrais peut-être aller voir un psy-
chologue, Pascal. Il me semble que ça t'aiderait.

La psychologie est l'un des trente-six
métiers qui ont attiré Clara depuis six mois.
Elle a abandonné l'idée, mais ça ne l'empêche pas de vouloir envoyer tout le monde
consulter pour un oui ou pour un non. Cette
fois, pourtant, je suis d'accord avec elle. Je
renchéris :

— Oui, ça ne pourrait pas faire de tort.

— Peut-être, mais ça ne changerait pas
grand-chose avec Daniel. Depuis le temps, il
n'a rien fait pour que j'arrête de le détester. Il
y a eu la fille que j'aimais en première secondaire et qu'il m'a piquée, sa façon de parler
comme si tout ce que je faisais ne valait jamais
rien, l'histoire avec Philippe…

J'ai l'impression que son énumération
pourrait durer encore un bout de temps, mais
il s'arrête là et dit doucement :

— Tu sais, j'en veux beaucoup plus à
Daniel qu'à toi, Julie.

C'est comme un baume sur mon cœur, un
rayon de soleil après la triste histoire qu'il
vient de nous confier. Je souris.

— Merci de m'avoir tout raconté. Ça n'a pas dû être facile pour toi.

— Non, mais je t'avais promis que je te dirais tout un jour. Je tiens toujours parole.

— Je sais.

▲ ▼ ▲

Clara et Pascal sont retournés se coucher en se tenant par la main. Je reviens dans la chambre de Daniel parce que je n'ai pas d'autre endroit où aller. Je n'ai pas envie de me recoucher. Je sais que je ne dormirai pas.

Alors que je referme la porte le plus doucement possible, Daniel grommelle :

— Julie, qu'est-ce que tu fais debout ?

— J'avais soif.

Il ne dit rien. Il s'est peut-être déjà rendormi. Je m'assois sur le bord du lit.

— Daniel, Pascal m'a raconté ce qui est arrivé à ta mère.

— Qu'est-ce qui est arrivé à maman ?

— Quand ton père l'a battue et qu'elle a perdu son bébé.

Il s'assoit dans son lit, l'air tout ensommeillé.

— Veux-tu bien me dire pourquoi il t'a raconté ça ?

— Je voulais savoir pourquoi il ne t'aime pas.

— Et c'est quoi le rapport ?

Le ton avec lequel il a dit ça… Comme s'il en voulait à Pascal.

— Le rapport, c'est que dans sa tête de petit garçon de cinq ans, il croyait que tu protégerais ta mère et que tu empêcherais ton père de lui faire du mal.

— Ouais, ben, il n'a plus cinq ans, que je sache.

Je le dévisage longuement. Mal à l'aise, il dit :

— Arrête de me regarder comme ça !

— On dirait que tu n'as pas envie de comprendre.

— Exactement, ma belle. Je n'ai pas envie d'essayer de comprendre Pascal parce que c'est un gars bizarre et que ça ne me tente pas de me casser la tête. Tu ne trouves pas, toi, qu'il est bizarre ?

Je serre les poings.

— Il est spécial, pas bizarre.

Daniel éclate de rire.

— Pour moi, c'est la même chose.

Je sais que ça ne donnera rien, mais j'insiste :

— C'est ton frère ! Tu pourrais lui parler !

— Qu'est-ce que ça donnerait ?

— Vous pourriez vous réconcilier…

Il hausse les épaules, comme s'il croyait que le jeu n'en vaut pas la chandelle. Puis il se laisse retomber sur le dos.

— Bon, on ne va pas rester là à se disputer à cause de Pascal ! Tu viens te coucher ?

Je n'ai plus aucune envie de me coucher à côté de ce gars-là.

— Non, je n'ai plus sommeil.

— On n'est pas obligés de dormir, tu sais…

Avant, j'aurais trouvé son sourire adorable. Maintenant, il m'agace. Je me lève et m'habille.

— Qu'est-ce que tu fais, Julie ?

Il n'a pas l'air surpris, ni déçu, seulement embêté de voir que je ne lui obéis pas au doigt et à l'œil. Soudain, j'ai l'impression de le voir pour la première fois. Comme si, depuis cet été, je portais un bandeau sur les yeux et qu'on venait de me l'enlever.

Qu'est-ce que je fais avec ce gars-là ?

Tout à coup, j'ai très hâte de sortir d'ici.

— Je m'en vais. On se reverra demain.

Je n'ai pas l'intention de le revoir aujour-
d'hui. Aujourd'hui, j'ai besoin de réfléchir.

▲ ▼ ▲

Je me réveille le lendemain matin en me
disant que je me rappellerai ce Noël-là toute
ma vie.

Une rupture, ce n'est décidément pas le
plus beau cadeau de Noël qu'on puisse offrir
à son amoureux. Pourtant, c'est exactement
ce que je vais faire.

Maintenant que ma décision est prise, je
me sens soulagée. Je respire mieux, même si je
suis nerveuse. Annoncer à un gars qu'on le
laisse n'est jamais une partie de plaisir et je
me demande comment il va réagir... De
toute façon, ce sera sûrement moins pénible
qu'avec Philippe. Quand j'avais annoncé à
Philippe que notre histoire était terminée, ça
m'a brisé le cœur. Pas autant qu'à lui, mais
quand même... Une partie de moi l'aimait
encore. J'aurai toujours beaucoup de respect
pour Philippe. Daniel... Daniel, je ne l'aime
plus beaucoup. Je commence même à le
mépriser un peu.

D'accord, Pascal a tort de lui en vouloir pour cette histoire de bébé qui n'est jamais né et de père qui est parti après avoir brisé la vie de leur mère. Daniel n'aurait jamais pu empêcher ça et j'espère que Pascal le comprendra un jour. Il reste que Daniel aurait pu faire un effort, parler à son frère, l'aider à voir la réalité en face et à effacer ses cauchemars. Au lieu de ça, il lui tourne le dos en disant qu'il est bizarre.

Je comprends Pascal de le détester. Daniel est un égoïste qui ne pense qu'à son petit confort et se sauve à la moindre difficulté. La preuve, il n'a pas essayé de me téléphoner, hier. Quand il m'a vue partir, il a dû se dire que le mieux était d'attendre que je me calme et que je revienne à lui.

Il a raison, mais il va avoir toute une surprise. Je ne reviens pas en me traînant à genoux pour qu'il me pardonne ma crise. Je reviens la tête haute, les yeux enfin ouverts.

J'apporte quand même le cadeau que j'avais prévu lui offrir. Rien de très original, un livre sur la photo dont il m'avait parlé au téléphone, il y a quelques semaines. Comme je le connais, il se l'est peut-être acheté entre-temps. Il n'est pas du genre à attendre pour obtenir ce qu'il veut…

Dès que mes parents ont fini de déballer leurs cadeaux et de m'offrir les miens, je leur souhaite un bon avant-midi et je me prépare à sortir. On pourra dire que Daniel a gâché ma journée. J'ai ouvert tous mes paquets presque sans voir ce qu'il y avait à l'intérieur.

Il fait beau, ce matin. Le genre de temps que j'aime pour aller marcher. Si Clara n'est pas occupée, cet après-midi, elle viendra peut-être avec moi. En fait, elle viendra sûrement, occupée ou pas… Surtout quand elle saura pourquoi j'ai besoin de parler.

Devant la porte, j'hésite une seconde. Je n'ai pas envie d'entrer. Si je repars sans parler à Daniel et que je ne lui téléphone plus jamais, peut-être que notre histoire s'éteindra d'elle-même ?

Voyons, Julie, fais une femme de toi ! Fuir n'a jamais rien réglé !

Je sonne et entre avant de perdre courage. Pascal et Clara sont assis à la table de la cuisine et mangent des gaufres. Ma future ex-belle-mère, debout près de son gaufrier, me fait un grand sourire.

— Joyeux Noël, Julie ! Tu as mangé ?

Je n'ai rien avalé avant de partir, et mon estomac me supplie de lui envoyer une gaufre ou deux… Mais ça ne passerait pas. Je souris quand même.

— Non, merci. Daniel est là ?

— Il est encore couché. Tu connais le chemin.

Oui, je connais le chemin, mais je ne me sens plus à ma place, ici. Qu'est-ce que ce sera dans la chambre de Daniel…

Je marche comme une somnambule dans le couloir qui me semble à la fois trop long et trop court. J'arrive devant la porte, je prends une grande inspiration, je cogne, j'ouvre. Prête pas prête, j'y vais, ce n'est plus le moment de reculer.

Mes yeux mettent quelques secondes à s'adapter à l'obscurité, puis je l'aperçois, couché de côté dans son lit, dos à moi, les draps remontés jusqu'au menton. Il a l'air tellement bien, c'est presque dommage de le réveiller. Tant pis.

— Daniel ?

Bon, ma voix ne tremble pas, c'est toujours ça de pris. Je répète plus fort :

— Daniel, tu dors ?

Question idiote. Bien sûr, qu'il dort, et s'il savait ce que j'ai à lui dire, il s'arrangerait pour dormir encore un bon bout de temps.

Il grogne, bouge la tête, se tourne sur le dos, s'étire, me sourit. On aura beau dire, un gars comme ça qui se réveille, les cheveux en broussaille et les yeux pleins de brume, ça fait son effet à une fille. Même quand la fille en question ne veut plus rien savoir de lui.

— Salut, Julie ! Joyeux Noël !

Comme si j'étais partie il y a cinq minutes et non vingt-quatre heures. Je ne lui retourne pas son « Joyeux Noël ». Je saute tout de suite dans le vif du sujet.

— Écoute, Daniel, j'ai réfléchi et je pense qu'on ferait mieux de se laisser.

Il me regarde sans dire un mot, puis s'assoit brusquement et allume sa lampe de chevet.

— Tu veux me laisser ?

Il n'a pas l'air déçu, ni triste, mais plutôt... surpris.

— C'est ça. Je me rends compte qu'on n'est pas faits pour aller ensemble.

Il passe une main dans ses cheveux, soupire.

— Tu as raison.

Moi qui m'attendais à des « pourquoi », à des « depuis quand », je reste plantée là, debout au milieu de la chambre, à me demander quoi dire et quoi faire. Moi qui m'attendais à une conversation difficile, à des serrements de cœur, je trouve que c'est trop facile. Beaucoup trop facile. Comme si Daniel avait eu ce qu'il voulait et qu'il n'était pas fâché de se débarrasser de moi.

J'ai mal, mais ce n'est pas mon cœur qui est blessé. C'est mon orgueil. Est-ce que je suis juste une pièce de viande que Daniel avait envie de goûter avant de la jeter ? Si je n'avais pas couché avec lui, est-ce qu'il m'aurait gardée jusqu'à ce que je cède ? Et si j'avais dit oui tout de suite, est-ce qu'il serait resté avec moi aussi longtemps ? Je ne le saurai jamais, parce que je ne lui poserai sûrement pas la question.

Prenant soudain conscience du paquet dans ma main, je retrouve ma voix. Je lui tends le cadeau, que j'avais emballé en souriant de toutes mes dents il y a trois jours à peine et que j'ai maintenant envie de lui lancer à la tête.

— Tiens, je te le donne quand même.

Il le déballe, me sourit comme si de rien n'était.

— Oh, merci, Julie ! Moi aussi, j'ai quelque chose pour toi.

Il se lève, passe devant moi en boxers. Mon corps n'a pas encore perdu ses réflexes : j'ai beau ne plus l'aimer, savoir que je ne l'ai probablement jamais aimé, mon cœur bat quand même plus vite.

Il me met une grande boîte rectangulaire dans les mains. Je devine aussitôt de quoi il s'agit.

— Merci.

— Tu ne l'ouvres pas ?

— Non. C'est le cadre qui était dans ta chambre, non ? La photo de moi en train de danser ?

Il ouvre grand les yeux.

— Comment tu as deviné ?

Je hausse les épaules. Quelque chose se brise en moi. D'accord, j'ai adoré la photo la première fois que je l'ai vue et j'aurais payé cher pour en avoir une copie. Mais qu'il me la donne aujourd'hui, alors que je viens de le laisser, je trouve ça… étrange. En fait, ça me donne froid dans le dos. Si Daniel me donne cette photo, c'est peut-être qu'il ne voulait plus de moi au-dessus de son lit… ou dans sa vie. Ça expliquerait que sa réaction ne soit pas plus vive, qu'il ne soit pas triste de m'entendre lui annoncer la fin de notre histoire.

Je me trompe peut-être, je creuse peut-être trop loin, mais j'ai beau n'avoir que seize ans, j'ai appris à me méfier des coïncidences.

— La fameuse intuition féminine, je suppose… Merci. Je l'ouvrirai chez moi.

Je n'ai absolument aucune intention de l'ouvrir, ni chez moi ni ailleurs. Je vais le mettre au fond d'une armoire et l'oublier là. Je ne veux pas me voir avec les yeux de Daniel.

Je sors, referme la porte derrière moi, repasse en coup de vent devant les trois mangeurs de gaufres. Clara a à peine le temps de me dire qu'elle me téléphonera plus tard. Elle a tout compris, je crois.

Je me retrouve dehors, mon cadeau sous le bras et des larmes plein les joues.

Je n'ai peut-être que ce que je mérite, mais ça fait quand même mal.

Chapitre 13

Il faut bien que la vie continue. Daniel n'est plus dans le décor, mais mon rêve de devenir danseuse existe toujours, lui. La comédie musicale aussi. Et Pascal, et Clara, et toutes les filles qui comptent sur moi pour monter les chorégraphies du siècle, alors que je ne me suis jamais sentie aussi ordinaire.

Derrière tout ça, obsédants, il y a le souvenir de Philippe et les regrets que je m'étais promis de ne jamais avoir.

Je travaille comme une malade pour essayer d'arrêter de penser. Ça marche… parfois. La plupart du temps, ça ne donne pas grand-chose. Mais au moins, j'ai l'impression d'avancer vers mon but, de me rapprocher de mon entrée à l'Académie. Nous sommes déjà à la mi-janvier…

Aujourd'hui, avant de me rendre au studio, j'ai demandé à ma mère si elle voulait venir me voir, pour me corriger et me donner ses commentaires. Je n'oublierai jamais le sourire qu'elle m'a fait. Comme si elle attendait ce moment depuis toujours. En pensant que j'aurais pu le lui demander bien avant, je me suis sentie encore plus nulle.

Il y a des moments où je me demande si je vais encore pouvoir être heureuse un jour. Vraiment, vraiment heureuse, sans rien à me reprocher et sans aucune crainte face à l'avenir. J'ai des doutes, et ça me fait peur.

▲ ▼ ▲

À ma grande surprise, les semaines passent plutôt vite. Je pense de moins en moins souvent à Daniel. Dans mes moments de déprime (qui se font de plus en plus rares, enfin), j'essaie de me consoler en me disant qu'il ne se passe jamais rien pour rien et que mon erreur avec Daniel est un mal pour un bien : j'ai appris ma leçon, maintenant, et je ne me ferai plus avoir. Les beaux gars à l'air mystérieux qui se croient meilleurs que tout le monde et qui veulent mon corps plus que mon cœur, c'est fini. Cette mésaventure m'a laissée plus forte, plus solide, et c'est tant mieux.

Il y a des jours où j'arrive presque à m'en convaincre.

Il y a maintenant plus d'un mois que j'ai laissé Daniel. Pascal n'y a jamais fait allusion. Aujourd'hui, il finit la répétition avec un de mes duos avec Michaël. Il ne reprend plus tout comme avant, ce qui est bon signe. Une fois la répétition terminée, alors que Michaël se prépare à partir, je lui demande quand même :

— Alors, est-ce que ma Léa est à ton goût, maintenant ?

Je suis debout sur la scène, les bras croisés, à essayer de donner l'impression que sa réponse me laissera complètement indifférente. Je réussirais peut-être à berner quelqu'un d'autre, mais pas lui.

Pascal me sourit.

— Elle est parfaite.

Assis sur l'un des sièges de la première rangée, les coudes sur les genoux et le corps penché vers l'avant, il a exactement l'air de ce qu'il est : un metteur en scène passionné par ce qu'il fait, un créateur, un artiste… La porte se referme derrière Michaël. Pascal s'adosse à son siège et, soudain, il n'a plus l'air d'un metteur en scène, mais d'un gars ordinaire. Et moi, je suis une fille ordinaire, qui est sortie avec le frère de ce gars-là, qui a brisé le cœur de son meilleur ami et qui s'est brûlé les ailes. Avant même qu'il me pose la question, je sais ce qu'il va me demander.

— Comment ça va, Julie ? Mieux, j'espère.

Je hausse les épaules.

— Est-ce que j'avais l'air d'aller si mal que ça ?

— Assez, oui.

Je prends le siège à sa droite.

— Oui, ça va mieux. C'est beaucoup grâce à toi, tu sais. La comédie musicale, la danse, ça m'aide à tenir le coup. Et avec le temps, j'imagine que je finirai par l'oublier complètement… ou plutôt, non, pas l'oublier. Je ne l'oublierai jamais, c'est sûr. Il faut quand même que nos erreurs servent à quelque chose, non ?

C'est tellement facile de parler à Pascal. Je ne comprends pas qu'il y ait des gens qui soient mal à l'aise avec lui.

— Je suis content que tu l'aies laissé.

— J'imagine, oui.

Il me regarde dans les yeux.

— Non, pas dans le sens que tu crois. Je ne veux pas dire que je suis content que ça n'ait pas marché entre vous deux. Je n'ai jamais voulu qu'il te fasse du mal…

— Jamais ?

— Bon, d'accord, peut-être au début, mais ça n'a pas duré tellement longtemps. Non, ce que je veux dire, c'est que je suis content que ce soit toi qui l'aies laissé plutôt que le contraire. Ça va peut-être le faire réfléchir…

— Je ne compterais pas trop là-dessus.

— En tout cas, ça prouve au moins que tu es assez intelligente pour ne pas te faire avoir.

Je soupire.

— Si j'étais si intelligente que ça, je n'aurais pas laissé Philippe.

Son silence veut tout dire. Il aura beau raconter ce qu'il voudra, faire tout ce qu'il peut pour le cacher, je sais qu'au fond, il m'en voudra toujours pour ce que j'ai fait à son meilleur ami. Je ne peux pas le blâmer : moi-même, je m'en voudrai toujours.

Au bout de quelques secondes inconfortables, je risque :

— Tu lui as parlé dernièrement, à Philippe ?

— Oui. Il va bien.

Qu'est-ce que j'espérais ? Qu'il me dise que Philippe pleure tous les soirs à cause de moi ? Il faut croire que oui, à en juger par le pincement au cœur qui me prend par surprise…

Pascal continue :

— Je lui ai raconté, pour Daniel et toi.

J'essaie de ne pas me montrer trop intéressée.

— Et ? Qu'est-ce qu'il a dit ?

— Pas grand-chose.

J'ai une boule dans la gorge, les yeux pleins d'eau. J'ai envie de mourir. Franchement, Julie ! Tu ne croyais quand même pas qu'il t'attendrait jusqu'à la fin de ses jours ? Et c'est quoi, cette idée de se payer une espèce de peine d'amour à retardement ? C'est difficile à admettre, et même à comprendre, mais je me rends compte que Philippe me manque plus que Daniel.

Pascal fait semblant de ne pas remarquer que je m'essuie les yeux. Je ne sais pas si ça me touche ou si ça m'énerve.

— Si tu veux tout savoir, Julie, il a dit que ça ne changeait rien. C'est fini, maintenant, et il faut qu'il passe à autre chose. Ça ne l'intéresse pas de recommencer à zéro avec toi, après ce qui s'est passé.

Connaissant Pascal, c'est sûrement involontaire, mais il n'aurait pas pu trouver de meilleurs mots pour me blesser.

— C'est ce que tu aurais voulu, toi ? Qu'on recommence à zéro ?

— Moi ? Peut-être. En tout cas, c'est ce que Clara voulait, elle.

Je souris malgré la boule et les larmes, et je n'ai plus envie de mourir.

— Clara ? Ce n'est pas elle qui répétait trois cents fois par jour qu'elle n'avait pas à se mêler de mes affaires ?

— Exactement. Tu en connais plusieurs, toi, des Clara ?

— Non. Elle est assez unique en son genre, tu ne trouves pas ?

Pascal a son fameux « sourire Clara ».

— Plutôt, oui.

J'essuie mes dernières larmes. Ma voix est presque normale quand je remarque :

— Tu sais, de toute façon, je crois que j'aurais moins aimé Philippe s'il avait voulu qu'on reprenne. Ça ne lui ressemblerait pas d'attendre qu'un autre lui laisse la place, d'accepter d'être un deuxième choix. Il a plus de fierté que ça.

Pascal hoche la tête. Quelques secondes passent.

— Pascal ?

— Oui ?

— À propos de Daniel… De ta… haine envers lui… Tu penses que tu vas réussir à t'en débarrasser un jour ?

Il pourrait me remettre à ma place, dire que ça ne regarde que lui, et personne d'autre, et je n'insisterais pas. Pourtant, il n'hésite même pas à me répondre :

— C'est déjà commencé. Avant de connaître Clara, j'avais beaucoup de colère, beaucoup de rancœur, de haine, comme tu dis… Je voulais réussir, dans la vie, devenir quelqu'un d'important, juste pour impressionner mon père et Daniel, pour leur montrer que je n'avais pas besoin d'eux, que je valais mieux qu'eux… pour me venger, si on veut. Mais je me rends compte que ça n'a pas d'importance. Je me fous de ce que pensent les autres. L'important, c'est d'être heureux.

Il me fait un grand sourire.

— Ça a l'air quétaine, hein? Mais c'est comme ça. L'important, c'est le bonheur, quétaine ou pas.

À le voir, à l'entendre, on comprend que pour lui, bonheur et Clara sont synonymes. J'envie mon amie. Je voudrais tellement qu'on m'aime comme ça...

Avant que la boule remonte dans ma gorge, je remarque:

— Comme dans la comédie musicale, quand Léa comprend qu'elle n'a pas besoin d'être la plus populaire, tant qu'elle a Sébastien. C'est ça?

— Tu as tout compris.

Pascal se lève. Je l'imite, l'esprit engourdi. Reprenant son sérieux, il conclut:

— Tu sais, Philippe est quelqu'un de très spécial, mais il ne faudrait pas croire qu'il est le seul gars correct sur la Terre. Il y en a plein. C'est sûr que tu vas en rencontrer un autre, un jour.

J'aurais envie de répliquer que même s'il y a plein de gars corrects, il n'y a qu'un seul Philippe, mais je n'ai pas envie de me morfondre. En plus, je sais qu'il a raison. Un jour, sûrement, je trouverai quelqu'un de bien...

même si pour l'instant, ce jour-là me semble loin.

Très loin.

Chapitre 14

J'ai mal au cœur comme je n'ai jamais eu mal au cœur de ma vie. Les nausées que j'avais quand je me croyais enceinte, c'est une partie de plaisir à côté de ce que j'éprouve maintenant. Et j'ai les jambes tellement faibles que j'ai du mal à mettre un pied devant l'autre.

Comment vais-je faire pour danser ?

Oui, mon « grand jour », celui des auditions, est enfin arrivé. Moi qui en ai tant parlé, tant rêvé, qui l'ai tant préparé, je voudrais me trouver n'importe où sauf ici, à l'Académie K-Danse. Je n'ai pas envie d'être observée, jugée, analysée. Et si je ratais tout ? Si je m'étais complètement trompée et que je n'avais aucun talent, aucune vocation pour la danse ? Qu'est-ce qui me dit que je ne vais pas sortir de là complètement humiliée, traumatisée pour le reste de ma vie ?

Les autres candidats (oui, il y a quelques garçons) semblent confiants, eux. Plus que moi, en tout cas. Ils entrent dans le studio sans se poser de questions. Moi, je reste debout dans le couloir, les jambes flageolantes et le cœur au bord des lèvres, à me demander si je n'ai pas fait tout ce chemin pour rien. Je ferme les yeux, je pense à Clara et à mes parents, qui sont en train de sillonner Sainte-Foy à la recherche d'un appartement. Je pense à Pascal, à Louis, mon professeur de danse, aux danseuses de la comédie musicale, à tous ces gens qui ont l'air de croire que ces auditions sont une simple formalité, et que je vais les passer les yeux fermés. Ben oui ! Je voudrais bien les voir à ma place !

Voyons, je suis injuste. Clara est la meilleure amie que j'aie jamais eue, elle me connaît mieux que personne, et si elle croit que je peux réussir, je ne vais certainement pas la décevoir.

Je prends une grande inspiration et je me lance dans la fosse aux lions.

Je suis crevée. Crevée, mais surtout soulagée, enthousiaste, euphorique… J'ai réussi la première étape ! Je dois revenir demain pour d'autres tests et une entrevue. Encore du stress, peut-être encore quelques doutes, mais tellement moins qu'aujourd'hui… Je me sens confiante, sûre de moi. Je vais y arriver.

J'ai à peine fait quelques pas quand un « Julie ! » retentissant me fait redescendre sur terre. Je reconnaîtrais cette voix n'importe où, même ici, où elle me semble plutôt déplacée.

Je me retourne. Daniel avance rapidement vers moi. Je remarque les regards des autres filles, qui le mangent des yeux, mais cette fois, ça m'agace. Je croyais que j'avais été claire : je ne veux plus rien savoir de ce gars-là.

— Qu'est-ce que tu fais ici ?

S'il trouve mon accueil plutôt froid, il n'en laisse rien paraître.

— Je savais que tu venais pour les auditions et j'avais envie de te voir. Comment ça s'est passé ?

Je n'ai pas envie d'en parler. Pas à lui. J'ai hâte de tout raconter à Clara et à mes parents,

mais lui, il n'a plus rien à faire dans mes rêves.
Je réponds quand même :

— Bien. Très bien.

— Tant mieux. Je savais que tu réussirais.

Sa tentative de compliment ne me fait même pas plaisir. Il m'énerve, c'est tout.

Je marche d'un bon pas vers la sortie, où mes parents et Clara doivent m'attendre. Il va peut-être finir par comprendre que je veux me débarrasser de lui.

— Julie, si on allait souper quelque part ?

Je rêve, ou quoi ? Il m'invite à souper ? Et il pense que je ne sais pas où il veut en venir ? Je réussis malgré tout à rester polie.

— Non, merci. Clara et mes parents m'attendent.

— Ah… On pourrait peut-être aller voir un film plus tard, alors ?

Du coup, j'arrête de marcher. Décidément, il ne veut rien comprendre. Je perds patience.

— Daniel, c'est fini, toi et moi. Pourquoi tu viens me voir aujourd'hui, pourquoi tu t'acharnes comme ça ? Ça fait deux mois qu'on ne s'est pas parlés ! Qu'est-ce qui se passe, tu t'es dit que tu allais te payer un petite soirée facile, quelques heures de sexe torride avec une fille qui te laisserait tranquille après, qui repartirait deux jours plus tard, ni vue ni connue, pas d'attache, pas de problème ? C'est ça que tu veux ?

Si ma mère m'entendait, elle en ferait une crise cardiaque. Moi-même, j'ai du mal à croire que je viens de parler de « sexe torride » dans un endroit public, et pas tout bas en plus.

Daniel tente de se justifier avec un « Voyons, Julie… » qui sonne plutôt faux. À le voir, je comprends que j'ai frappé dans le mille. Je reprends ma route d'un pas plus décidé que jamais.

— Tu m'écœures.

— Julie… Julie, attends ! Je peux te parler trente secondes sans que tu montes sur tes grands chevaux ?

J'ai la fumée qui me sort par les oreilles, mais je m'arrête quand même, les bras croisés.

— Vas-y, je t'écoute.

Il ne s'attendait pas à ça, je crois. Il reste silencieux quelques secondes, les bras ballants, puis il murmure :

— Je t'aimais, tu sais. Peut-être pas comme tu l'aurais voulu, mais je t'aimais, à ma façon.

C'est vrai qu'il y a plusieurs façons d'aimer, certaines meilleures que d'autres. Il a l'air sincère. Il croit qu'il m'aimait. Je n'appelle pas ça de l'amour, moi, mais je n'ai pas envie de discuter. Je le regarde dans les yeux. Lui qui m'impressionnait tant, au début, que je trouvais si beau, si plein de charme, il me fait pitié maintenant. J'ai peut-être le cœur brisé, mais au moins, j'ai un cœur, moi, un vrai, qui fonctionne normalement.

Avant de pousser la porte, je lance :

— Je te plains, Daniel. Tu n'as pas idée à quel point.

Il reste là sans bouger, probablement à se demander ce que je veux dire par là.

Je me retrouve dehors, un grand sourire aux lèvres.

Je ne me suis jamais sentie aussi forte.

Chapitre 15

J'ai été acceptée ! Je serai officiellement une élève de l'Académie K-Danse à l'automne ! J'ai beau savoir que ce ne sera pas de tout repos, que je devrai travailler dur, j'ai l'impression que l'étape la plus difficile est franchie. Depuis mon retour de Québec, il y a deux mois, je me sens pousser des ailes.

Clara, elle, se découvre plutôt des talents de décoratrice. Elle n'a plus qu'un sujet à la bouche : notre appartement. Mes parents et elle en ont déniché un parfait, semble-t-il, qu'ils m'ont emmenée visiter mais que j'ai à peine vu, flottant sur mon petit nuage. Mon amie arrive avec de nouvelles idées de décoration tous les jours. J'ai envie de lui dire de faire ce qu'elle veut, que rien n'a d'importance, du moment que je peux danser, mais je fais un effort pour m'intéresser à ce qu'elle dit… ou, au moins, faire semblant.

Maintenant que je n'ai plus à travailler autant pour mes auditions, je vois davantage mon amie. Ça me fait du bien. Les premières semaines, après notre retour de Québec, les noms de Daniel et de Philippe sont revenus très souvent dans nos conversations. Maintenant, j'en parle de moins en moins. Je commence à guérir, je pense.

Parlant de Philippe, Pascal et lui ont trouvé leur appartement quelques jours après nous… sur la même rue que le nôtre ! Évidemment, Clara jubile. C'est loin de faire mon affaire à moi, mais bon, je ne croiserai quand même pas Philippe tous les jours…

J'ai dit que je « commençais » à guérir, pas que j'étais complètement guérie.

Une autre chose qui me dérange, c'est la façon dont les gens de mon entourage ont réagi à mon acceptation à l'Académie. Tout le monde m'a félicitée, tout le monde paraît content pour moi, bien sûr, mais personne n'a semblé surpris ou impressionné. À les entendre, on croirait que n'importe qui pourrait réussir la même épreuve en claquant des doigts. Ça m'insulte. Personne, pas même Clara, n'a l'air de comprendre que j'aurais pu revenir avec le cœur en morceaux et tous mes rêves envolés. Personne ne semble comprendre qu'il a fallu que je travaille très fort pour me rendre jusque-là et qu'il me reste encore beaucoup à faire pour atteindre mon but. Personne sauf ma mère.

Ma mère… La semaine dernière, j'ai participé à mon dernier spectacle de l'École de Ballet, où je suis des cours depuis que j'ai quatre ans. Ça m'a fait quelque chose. J'ai ressenti un petit… ou plutôt un gros pincement au cœur au moment d'entrer sur scène pour la dernière fois. Heureusement qu'avec les changements de costume et l'excitation de tout le monde, je n'ai pas eu le temps de trop y penser, sinon, c'est sûr que j'aurais braillé comme une Madeleine toute la soirée. Ma mère, elle, a eu le temps de réfléchir, et peut-être trop. Elle a toujours pleuré à mes spectacles, mais là, elle s'est surpassée. Le lendemain matin, elle avait encore les yeux rouges…

Maintenant, à part les examens de fin d'année qui me font toujours passer quelques nuits blanches, il ne reste que deux événements majeurs avant les grandes vacances : la représentation de la comédie musicale, à la fin du mois, et le bal des finissants. Ayant mis tout son cœur dans les deux événements, Clara ne sait plus où donner de la tête. Pascal et moi nous amusons beaucoup de voir notre chère rousse s'arracher les cheveux et courir de tous bords, tous côtés en se demandant comment elle va arriver à la fin de l'année en même temps que tout le monde.

▲ ▼ ▲

— Clara, voudrais-tu, s'il te plaît, t'asseoir et te calmer ?

Mon amie arrête aussitôt de tourner en rond et me fait un grand sourire.

— Ne me dis pas que tu es nerveuse, toi aussi ?

Je lève les yeux au plafond.

— Je ne suis pas nerveuse. Tu m'énerves, c'est différent.

Nous en sommes déjà à la représentation de *L'histoire de Léa*. Plus encore que mon bal de finissants, j'ai l'impression que c'est ce spectacle qui va marquer la fin de mon secondaire.

Clara me fait tourner la tête. Elle s'assoit, se lève, ne tient pas en place, parle sans arrêt. C'était drôle au début, mais maintenant que nous attendons depuis une demi-heure, ça ne l'est plus du tout. Moi, je suis aussi calme qu'elle est nerveuse. Bizarrement, on dirait que mon esprit est détaché de mon corps, que c'est quelqu'un d'autre qui contrôle mes mouvements. À bien y penser, c'est effrayant… et dangereux, aussi : si ce « quelqu'un d'autre » se mettait à oublier les chorégraphies ou les paroles des chansons, à me faire faire plein d'erreurs ?

Je ne vais quand même pas commencer à avoir le trac moi aussi !

Clara bondit tout à coup vers la porte.

— Je m'en vais voir Pascal.

J'ai honte d'avouer que je suis soulagée. Je n'ai pas l'impression d'être une très bonne amie en ce moment. Et si j'avais été l'amie de Pascal, j'aurais retenu Clara. Il est assez nerveux lui-même sans qu'elle aille lui tourner autour. Quelqu'un qui ne le connaît pas pourrait presque croire que toute l'agitation autour de son spectacle ne le touche pas. Il s'arrange pour ne rien laisser paraître, et ça fonctionne assez bien, mais pour quelqu'un qui le connaît, ses mains le trahissent. Pascal a des mains très expressives. Il n'est pas très bavard, mais chaque fois qu'il est nerveux, fâché ou inquiet, ses mains parlent pour lui. Aujourd'hui, elles tremblent comme s'il venait de passer trois heures dans un congélateur.

Il y a autre chose, aussi. Quand je suis arrivée, il y a une heure, et que Pascal est venu me saluer et me souhaiter bonne chance, il a dit quelque chose qu'il n'aurait peut-être pas laissé échapper en temps normal.

— Je suis sûr qu'il n'y aura pas un siège de libre. Ça fait une semaine que tout le monde parle de notre spectacle à l'école. Même Philippe est venu.

J'ai essayé de prendre un air indifférent en disant : « Ah, tu dois être content. » Je me demande si Pascal m'a entendue, parce qu'il a continué, l'air songeur :

— Dans le fond, je me demande s'il est venu pour moi ou pour toi. Un peu des deux, j'imagine, mais je crois qu'il avait surtout envie de te voir.

En lâchant cette petite bombe, il a semblé redescendre sur terre et a pris un air gêné, comme s'il regrettait ce qu'il venait de dire. J'avais le cœur tout excité, les jambes faibles… et une envie folle de l'étrangler. Qu'est-ce qui lui prenait de me dire ça une heure avant le spectacle ? Comment est-ce que j'allais faire pour me calmer, après avoir appris une telle nouvelle ? D'accord, je m'attendais à ce que Philippe vienne, mais jusque-là, j'avais réussi à ne pas trop y penser. Et je n'aurais jamais, jamais cru que j'aurais quelque chose à voir avec sa présence. Philippe est trop fier et trop intelligent pour donner une seconde chance à une fille qui lui a fait si mal et qui n'a pas plus de cervelle qu'un ver de terre. C'est vrai, si j'avais pensé plus loin que le bout de mon nez, je ne l'aurais jamais laissé. Ça prouve que je suis une idiote superficielle et égoïste. Moi qui reproche justement ces défauts à Daniel…

Je respire un bon coup en essayant de me calmer. La présence de Philippe à ce spectacle ne garantit absolument pas qu'il éprouve encore le moindre sentiment pour moi. Il fait peut-être seulement un effort parce que nous serons presque voisins l'an prochain… Et quoi qu'en dise Pascal, il peut très bien être venu seulement pour encourager son ami.

Bon, je ne vais pas me mettre à pleurer maintenant, avec mon maquillage qui est tout prêt... Où est Clara, quand j'ai besoin d'elle ?

J'essaie de me rappeler ma promesse de ne jamais avoir de remords quant à mon histoire avec Philippe. Elle devient vraiment difficile à tenir, cette fichue promesse...

Clara entre en coup de vent. Je suis encore plus contente de la voir arriver que j'étais soulagée de la voir partir il y a dix minutes.

— Alors, comment va Pascal ?

— Je crois qu'il est encore plus nerveux que moi. Il dit des choses qu'il ne pense pas.

— Comme quoi ?

— Comme « Va-t'en, s'il te plaît, Clara, tu me tombes sur les nerfs. » Avoue que ça ne lui ressemble pas de me parler comme ça.

J'ai envie de rire. D'accord, depuis la fameuse lettre qu'il lui a écrite au chalet et la conversation qui a suivi, ça ne ressemble pas à Pascal de parler comme ça à sa Clara chérie. Mais quand même, je suis sûre qu'il a dit exactement ce qu'il pensait.

— J'avoue. De toute façon, je suis bien contente qu'il t'ait renvoyée ici, parce que j'ai besoin que tu me changes les idées.

— Ah ? Tu es nerveuse, tout à coup ?

Je prends une grande inspiration.

— Non. Je pensais à Philippe.

Elle hoche la tête d'un air entendu, puis s'assoit à côté de moi.

— Pascal t'a dit qu'il serait là ?

— Oui. Je m'en doutais, mais j'aurais préféré qu'il ne m'en parle pas.

— Tu n'as pas besoin de t'inquiéter. Philippe n'est pas là pour te juger. Il est venu pour Pascal, c'est tout.

La dernière phrase de Clara a beau me faire mal, je sais qu'elle a dit exactement ce qu'il fallait. Je veux croire que Philippe est venu pour Pascal, et seulement pour lui. Ça m'évitera les questionnements et les faux espoirs. Et peut-être aussi un peu de trac.

Clara change de sujet et réussit à me faire rire. Quand nous entrons en coulisses, quinze minutes plus tard, je me sens tout à fait prête à me glisser dans la peau de Léa.

▲ ▼ ▲

Michaël est extraordinaire, la qualité du son est excellente, les danseuses sont en pleine forme. Je sens que les spectateurs sont complètement sous le charme. Pascal vient nous rejoindre à l'entracte, les yeux brillants.

— Vous êtes super, tout le monde. Tout est parfait, exactement comme je voulais.

Émilie, l'une des danseuses, lance la question qui trotte dans plusieurs têtes :

— Tu ne regrettes pas de ne pas être sur scène ?

Pascal hausse les épaules.

— Honnêtement, je me sentirais beaucoup mieux sur scène qu'en coulisses. J'aurais au moins l'impression de contrôler une partie de ce qui se passe, au lieu de rester là à espérer que tout va se dérouler comme prévu… Je suis dix fois plus nerveux que l'année dernière. Mais je ne devrais pas, parce que je ne pourrais jamais être aussi bon que vous autres.

Ça, quelque chose me dit que tout le monde en doute sauf lui, mais c'est quand même gentil de sa part de le dire.

Nous reprenons nos places sur la scène, déjà fiers de notre succès et impatients d'entendre les commentaires des spectateurs.

▲ ▼ ▲

Pascal rayonne et, pour une fois, ce n'est pas à cause de Clara. Toutes les critiques sont bonnes. La plupart des gens vont même jusqu'à dire que *L'histoire de Léa* est plus réussie qu'*Alice au Pays des Merveilles*. La rumeur a commencé à courir que notre metteur en scène amateur a l'intention de devenir professionnel, qu'il a décidé de transformer sa passion en carrière. Comme moi, finalement... Moi, je sais que ce n'est pas qu'une rumeur. Clara m'en parle depuis des mois et Pascal a laissé échapper quelques commentaires assez explicites, dernièrement. De toute façon, il est fait pour la mise en scène comme je suis faite pour la danse.

Clara est tellement fière de son amoureux qu'elle semble oublier qu'elle faisait partie de la troupe, elle aussi, et qu'elle a donné une performance digne de mention. Elle ne prend aucun compliment pour elle et reste collée sur Pascal, sa main dans la sienne, à le regarder avec des yeux pleins d'adoration. Elle pourrait avoir l'air ridicule, mais elle semble plutôt... heureuse. Parfaitement heureuse. Et je suis sûre que je ne suis pas la seule à l'envier.

Ils n'ont visiblement pas besoin de moi et je n'ai pas besoin d'eux, alors je m'éloigne, à la recherche des autres danseuses. Je n'ai pas tout vu, évidemment, mais je crois qu'elles ont interprété mes chorégraphies mieux qu'elles ne l'avaient jamais fait auparavant.

Je contourne un groupe de gens en grande conversation quand je tombe nez à nez avec Philippe. Pas moyen de faire comme si je ne l'avais pas vu, et impossible de faire demi-tour sans qu'il voie que je fuis, même si mon corps, ma tête et mes tripes me hurlent de me tirer de là au plus vite.

Lui ne semble pas du tout mal à l'aise, ce qui me donne encore plus envie de me trouver ailleurs.

— Salut, Julie. Félicitations ! Tu étais super bonne.

Il me vient un flash du spectacle de l'École de Ballet de l'année dernière, quand il était venu me retrouver, après, avec ses fleurs et son sourire, et qu'il m'avait regardée comme si j'étais la huitième merveille du monde. Le moins qu'on puisse dire, c'est qu'il n'a pas tout à fait la même lueur dans les yeux. Cette fois, il me regarde comme il regarderait n'importe quelle fille. Mon orgueil en prend un coup… et mon cœur aussi. Je réussis pourtant à articuler :

— Merci. Pascal est génial, non ?

— Oh oui ! Il va devenir quelqu'un, celui-là.

Un ange passe et j'ai le temps de me rendre compte que Philippe est beaucoup plus beau que dans mon souvenir. C'est fou comme l'apparence des gens semble changer quand on les connaît mieux. Autant j'étais en admiration devant Daniel, au début, autant je trouve Philippe dix fois plus beau aujourd'hui. Plus beau et plus... désirable. Une envie presque irrésistible de me retrouver dans ses bras me prend totalement par surprise. J'en oublie les gens autour de moi et je reste là, les yeux plantés dans les siens, à me demander s'il a senti cette espèce de courant électrique, lui aussi. Si ma vie était un film, quelqu'un arriverait derrière moi à cet instant précis, me bousculerait et je me retrouverais dans les bras du gars que j'ai eu le malheur de laisser échapper il y a dix mois.

Évidemment, ma vie n'est pas un film, et personne ne me pousse vers Philippe. Pire encore, le silence s'éternise et je me rends compte que nous n'avons plus rien à nous dire. Avant, je racontais tout et n'importe quoi à Philippe. Maintenant... Je finis par marmonner :

— Excuse-moi, je vais aller rejoindre le reste de la troupe.

— Oh, oui, bien sûr ! De toute façon, on risque de se voir souvent l'année prochaine. On sera presque voisins !

Je me force à sourire en murmurant : « Oui, sûrement » d'un air parfaitement imbécile, en ajoutant en moi-même : « Ne compte pas trop là-dessus. » Je ne suis pas masochiste, quand même.

Philippe part et je vais rejoindre mes amis. Nous avons prévu d'aller manger une bouchée après le spectacle ; sur le coup, ça m'avait semblé une bonne idée, mais maintenant, je n'en ai plus la moindre envie. Ma brève rencontre avec Philippe m'a gâché tout mon plaisir. Je ne me vois pas rire et bavarder avec les autres, mais d'un autre côté, si je n'y vais pas, je n'ai pas fini d'entendre leurs questions et leurs commentaires…

Je prends donc une grande inspiration, plaque un sourire de circonstance sur mon visage et me dirige vers les danseuses qui attendent près de la porte. Je peux sûrement faire un effort et réussir à leur faire croire que je suis aussi enthousiaste que tout le monde.

Après tout, je suis maintenant une comédienne accomplie, non ?

Chapitre 16

Clara nage dans le bonheur. Elle irradie de bonheur, elle dégouline de bonheur. À ce rythme-là, elle va finir par se noyer dedans. Le bal des finissants est enfin arrivé et elle semble trouver sa soirée absolument parfaite. Elle-même est parfaite, avec sa robe qui lui va comme un gant, sa coiffure de princesse et son sourire béat. Je l'envie un peu, mais à peine. Elle a travaillé tellement fort pour cette soirée qu'elle le mérite, son bonheur.

Maintenant que je la vois pendue au bras de Pascal, je comprends pourquoi elle tenait tellement à ce qu'il porte un habit. Oui, elle a eu ce qu'elle voulait ! Pascal n'est pas ce qu'on pourrait appeler une beauté irrésistible, mais ce soir, il vole la vedette à tous les autres. Il a un maintien, une assurance, une façon de bouger qui le démarquent des autres gars, qui ont tous l'air mal à l'aise dans leurs costumes. Pascal, lui, semble fait pour porter un habit et assister à des événements du genre. On l'imagine tout de suite dans les soirs de première, une coupe de champagne à la main, en train de discuter avec les invités comme s'il les connaissait depuis sa naissance… Pour un futur metteur en scène, ça augure bien.

Et moi ? Moi, je navigue là-dedans comme un bateau à la dérive.

Je n'oserais jamais l'avouer à Clara, mais j'ai hâte que la soirée finisse, et ça n'a rien à voir avec le fait que je suis venue seule. D'accord, je n'ai pas de cavalier, et alors ? J'ai plein d'amis autour de moi et je suis assez bien dans ma peau pour ne pas me sentir complexée. Mieux vaut être seule que mal accompagnée, paraît-il. C'est juste que j'ai hâte que la vie reprenne son cours normal, hâte de préparer mon départ pour le cégep… Depuis deux semaines, tout le monde ne parle que du bal, alors que moi, je ne pense qu'à l'Académie K-Danse, aux cours que je prendrai à l'automne, à notre appartement… Je me demande comment je vais réussir à jongler avec l'épicerie, le ménage, la cuisine, le lavage… J'essaie de me convaincre que c'est une chance que je n'aie pas à m'occuper d'un chum en plus de tout le reste… Et, honnêtement, je commence à le croire.

Je suis plutôt contente de partir le cœur libre, de savoir que je vais pouvoir m'occuper de mes études, de mes cours de danse, sans avoir à me casser la tête avec des histoires de cœur. Je sens que je vais avoir besoin de toute mon énergie pour m'adapter à ma nouvelle vie. Je ne dis pas que je veux rester célibataire jusqu'à la fin de mes études, oh non ! L'amour, quand on y a goûté, on le cherche toujours, après. Moi, en tout cas, je ne pourrais pas m'en passer longtemps. Mais je survivrai quand même très bien à quelques mois de célibat. Ensuite, quand je serai bien installée dans mes nouvelles habitudes, on verra… Il y a plein de gars à Québec, non ?

Au bout d'une heure, je réussis à sourire sans me forcer. Je me sens bien. Ce soir, j'ai l'impression qu'une page se tourne. Comme si je laissais derrière moi ma peau d'adolescente pour entrer dans ma vie d'adulte. J'ai beaucoup vieilli, cette année.

Avant, les défis qui m'attendent m'auraient peut-être fait peur.

Maintenant, je suis prête.

Fiches d'exploitation pédagogique

Vous pouvez vous les procurer sur notre site Internet
à la section jeunesse / matériel pédagogique.

www.quebec-amerique.com

Achevé d'imprimer au Canada
en octobre deux mille six
sur les presses de l'imprimerie Lebonfon
Val-d'Or (Québec)